TODA TERÇA

CAROLA SAAVEDRA

Toda terça

Companhia das Letras

Copyright © 2007 by Carola Saavedra

Capa
Kiko Farkas/Máquina Estúdio
Elisa Cardoso/Máquina Estúdio

Preparação
Márcia Copola

Revisão
Cláudia Cantarin
Arlete Sousa

Os personagens e as situações desta obra são reais apenas no universo da ficção; não se referem a pessoas e fatos concretos, e não emitem opinião sobre eles.

Dados Internacionais de Catalogação na Publicação (CIP)
(Câmara Brasileira do Livro, SP, Brasil)

Saavedra, Carola
 Toda terça / Carola Saavedra. — São Paulo : Companhia das Letras, 2007.

ISBN 978-85-359-1018-6

1. Romance brasileiro I. Título.

07-2067   CDD-869.93

Índice para catálogo sistemático:
1. Romances : Literatura brasileira 869.93

[2007]
Todos os direitos desta edição reservados à
EDITORA SCHWARCZ LTDA.
Rua Bandeira Paulista 702 cj. 32
04532-002 — São Paulo — SP
Telefone (11) 3707-3500
Fax (11) 3707-3501
www.companhiadasletras.com.br

Dibujo en mis ojos la forma de mis ojos
Alejandra Pizarnik

PRIMEIRA PARTE

1.

— Outro dia sonhei que atravessava o deserto do Atacama, horas e horas atravessando o Atacama, ao meu lado no carro, dirigindo, alguém que eu não conseguia reconhecer. Alguém que eu conhecia, eu tenho certeza, mas o rosto, por mais que eu tentasse, o rosto era apenas um esboço, um borrão. Lembro que eu não queria estar ali, eu queria qualquer outra coisa, sei lá, ir ao cabeleireiro, ao cinema, mas por algum motivo eu estava ali, atravessando o Atacama, e isso me desesperava.
— Te desesperava, mas por quê?

Otávio me olhava com interesse, aliás, nunca ninguém havia demonstrado tanto interesse pelas minhas palavras como Otávio, para ele tudo meu era importante, o que eu dizia, o que eu deixava de dizer, o que eu pensava, o que eu deixava de pensar, o que eu gostava, o que eu não gostava, cada gesto, cada detalhe. Tudo ele percebia, tudo ele ia guardando como se fossem informações essenciais, indispensáveis. Sorte a minha ter encontrado um homem assim, ainda por cima alto, bonito, jovem até, pelos meus cálculos não mais que quarenta, quarenta e cinco anos. Vestia-se com elegância, uma elegância blasé, eu diria, como se ser elegante fosse sua característica mais natural, como se ser elegante fosse algo assim, inevitável. Otávio era insuportavelmente elegante e parecia envolto numa aura de complacência e serenidade, essa aura que carregam as pessoas que, mesmo nas piores circunstâncias, permanecem impávidas, o mundo se desintegrando à sua volta, e elas ali, impecáveis, como se tudo não passasse de uma leve brisa, do vai-e-vem de um leque, algo que por um lado me atraía mas por outro me intimidava. A verdade era que ele me intimidava, apesar do interesse, da atenção ininterrupta que me dedicava, da sensação de que ele era a pessoa mais importante da face da Terra. Apesar disso, apesar de tudo, Otávio me intimidava. Talvez os seus cabelos bem penteados, suas roupas recém-passadas, aquela maneira de sentar-se, tão correta e ao mesmo tempo tão à vontade. Às vezes eu me pegava em estranhos exercícios mentais na intenção de rebaixá-lo, de torná-lo um pouco mais acessível, mais real, exercícios que consistiam basicamente em imaginá-lo em situações pouco favoráveis ou até mesmo embaraçosas. O problema era que, antes mesmo que essas imagens chegassem a se formar, vinham outras, muito mais poderosas, que se sobrepunham, no melhor momento, ou, talvez, no pior momento, intervalo, e novamente Otávio, perfeito, inabalável. Não tinha jeito, ao seu lado eu sempre me sentiria inadequada, insignificante, uma coitadinha, como se na presença de Otávio tudo aquilo que antes era bom se tornasse pouco: o meu cabelo, o meu vestido, o cruzar das minhas pernas, tudo tão pequeno, tão ridículo. Ah, Otávio era belo e inatingível.

— No que você está pensando, Laura?

— Em nada.

Otávio tinha os lábios um pouco ressecados aquele dia, pensei com certa satisfação e ao mesmo tempo a expectativa do toque áspero dos lábios de Otávio. Eu sempre tivera uma inexplicável predileção por lábios ressecados, as pequenas rachaduras abertas na pele delicada, às vezes um gosto amargo que se insinuava.

— Então, Laura, por que o desespero?

O desespero, pensei, já nem me lembrava mais do que estávamos falando. O desespero. Peguei uma das almofadas espalhadas pelo sofá, coloquei-a no colo e a segurei com força, como se a abraçasse. No rosto de Otávio o sorriso, a certeza de ter me pego em flagrante. Devolvi a almofada ao seu lugar.

— Ah, já nem sei mais, acho que a idéia de atravessar o deserto me assusta. Deve ser normal, não é?

— Claro, é normal.

— Mas não era só isso, o que mais me perturbava é que havia alguém ao meu lado, alguém que dirigia o carro... — Desviei o olhar para o teto e fiquei calada, como se estivesse ruminando alguma coisa.

Não sei por que eu gostava disso, de testar a paciência de Otávio, começava a dizer algo e parava na metade, ficava ali, distraída, sem dizer nada, como se de repente houvesse me lembrado de alguma coisa, de algo muito mais importante, e esse era sempre o melhor momento, longos minutos em silêncio, e Otávio ali, suspenso em minhas palavras. Eu olhava em volta, o relógio, os móveis, a decoração da sala, tentando ganhar tempo, tentando estender esse momento ao máximo, essa tensão que se instaurava, fazia de conta que ainda estava pensando, buscando em algum lugar da memória a melhor imagem, as palavras mais apropriadas. Enquanto isso, Otávio ali, os olhos fixos em mim, esperando que eu finalmente completasse o que começara. Ele era um homem paciente, mas de uma paciência bastante prática, e, como eu continuasse muda, em algum momento ele retomava:

— E quem era esse alguém?

Ainda esperei alguns segundos, como se sua voz houvesse me retirado dos mais profundos pensamentos, então respondi:

— Não sei, eu não conseguia ver o rosto, o rosto aparecia como num filme que eu vi uma vez, no lugar dos olhos e da boca apenas a continuação da pele, sabe o que eu quero dizer?

— Entendo, e essa pessoa era homem ou mulher?

— Também não sei.

— Faça um esforço, Laura, quem você acha que poderia ser?

Otávio me observava em silêncio, aquele silêncio dele que sempre me obriga a dizer alguma coisa.

— Ah, eu não faço a menor idéia. Mas sabe o que mais?, vamos deixar esse assunto pra lá, não quero mais falar nisso.

— Tem certeza?
— Absoluta.
Otávio fez uma pequena pausa, anotou qualquer coisa num caderninho e continuou:
— Está certo, Laura, me conte então como foi a sua semana.

A minha semana tinha sido como eram todas as minhas semanas, ao menos nos últimos três anos, dormira até tarde, acordara de mau humor, tomara banho, bebera uma xícara de café, brincara com o gato. Dependendo do ânimo, arrumava um pouco a casa ou ia à academia, quase sempre ligava a televisão, às vezes só para ouvir o barulho indistinto da televisão, outras vezes eu ficava ali, sentada no sofá, mudando de canal de dois em dois minutos, a maioria dos programas eram para donas-de-casa e estudantes que não têm mais o que fazer. Raramente ia à faculdade. A verdade é que, além da visita que fazia a Otávio toda terça-feira, na maior parte das vezes não fazia nada. Quando Júlio aparecia, o que acontecia cada vez com menos freqüência, saíamos para jantar ou íamos ao cinema, dançar, eu nem sabia mais o que era. Parecíamos um casal de meia-idade, só que eu não estava na meia-idade, e nem sequer éramos um casal. Júlio era casado havia mais de vinte anos com a mesma mulher, casara jovem, recém começando a faculdade. A mulher vinha de uma família tradicional, muito dinheiro, casara grávida, logo depois viera o segundo filho, e Júlio começara sua carreira de executivo no escritório de advocacia do sogro. Júlio dizia que me amava, eu gostava dele, ou pelo menos assim gostava de imaginar.

— A minha semana, sem novidades, o mesmo de sempre.
— E o que significa para você o mesmo de sempre?
— Que pergunta, Otávio, o mesmo de sempre é exatamente isso, o mesmo de sempre, dormir, acordar, ir à faculdade.
— E você foi à faculdade?
— À faculdade, não, não fui, fiquei com preguiça, não sei, acho que é essa chuva, quando chove eu fico sem vontade de sair de casa. O trânsito fica horrível, a cidade, esse caos que está hoje, e além do mais eu acabo sempre perdendo o guarda-chuva. Semana passada então, consegui perder quatro guarda-chuvas, dá pra imaginar?, quatro guarda-chuvas numa semana, ainda bem que eram daqueles de camelô, sabe?

Otávio me olha com jeito de quem vai fazer algum comentário, eu não deixo, continuo falando.

— Estudei um pouco, não muito, o problema é que não consigo me concentrar direito. Começo a ler cheia de ânimo, leio às vezes uma página inteira, duas páginas, mas, quando vou ver, nem sei do que se trata, não sei mais o que li. Sabe?, eu leio mas não leio, é como se as palavras não entrassem na minha cabeça, como se eu estivesse lendo em japonês, sabe aqueles desenhinhos?

— A falta de concentração não é um obstáculo intransponível, Laura, existem técnicas simples capazes de atenuar esse problema.

Claro, técnicas, eu devia ter imaginado. Otávio adorava técnicas, fazia parte da sua filosofia de vida. Técnicas para dormir, técnicas para acordar, técnicas para lembrar, técnicas para esquecer, técnicas para ser feliz. Enquanto ele me explicava a tal da técnica para se concentrar, eu pensava que tinham se passado quase quarenta minutos e eu ainda não havia sequer mencionado o assunto principal. Eram sempre assim, esses meus encontros com Otávio, eu já saía de casa pensando em tudo aquilo que eu queria falar, naquilo que eu tinha que dizer de qualquer jeito, às vezes até anotava num pedaço de papel, e, ao chegar no prédio, já na portaria, a expectativa, talvez um certo nervosismo, como se cada vez fosse a primeira vez, e, quando ele abria a porta, um entusiasmo inexplicável e a folha de papel que ficava esquecida na bolsa. Naquele dia, a mesma coisa, aquele pensamento o dia inteiro, eu imaginando a melhor forma de contar para Otávio. É, porque a questão nunca é o que a gente conta, mas a forma de contar, às vezes, qualquer deslize, e pronto, botamos tudo a perder. Enquanto eu procurava a melhor forma de começar, Otávio acabava de expor a sua técnica:

— Então é isso, Laura, tente fazer esses exercícios antes de começar a estudar e depois me diga como foi.

— Tá certo — respondi, distraída.

Fiz uma pequena pausa, respirei fundo quase como se suspirasse, disse:

— Otávio, tem uma coisa importante que eu quero te dizer, já há algum tempo que eu quero te contar, mas sei lá, a gente sempre acaba falando de outra coisa.

— Claro, Laura, diga.

— Outro dia, acho que foi semana passada, foi, foi semana passada, segunda-feira. Era de tarde, e eu pra variar estava em casa sem fazer nada. Eu tinha tentado estudar, mas logo desisti, na televisão um programa sobre origami, impossível, onde eu arranjaria paciência para dobrinhas de origami? Bom, saí de casa sem saber muito bem para onde, fui até Ipanema, fiquei dando voltas por Ipanema, depois peguei um táxi até Botafogo. No início eu não sabia muito bem o que iria fazer em Botafogo, o motorista perguntou para onde, e, como eu não sabia, disse qualquer coisa, Botafogo, muitas vezes isso me acontece, alguém me faz uma pergunta e eu não sei o que responder, mas, como é uma pergunta e tem alguém ali, esperando uma resposta, eu, por educação, digo qualquer coisa. Talvez nem por educação, mas alguma coisa no cérebro, alguma coisa que te obriga a responder qualquer coisa, você deve saber.

Otávio fez que sim com a cabeça.

— Mas então, onde eu estava?

— Indo para Botafogo.

— Ah, pois é, acabou que eu saltei do táxi em plena Voluntários, naquele tumulto da Voluntários, sabe?, eu tenho uma espécie de amor e ódio por Botafogo, já te disse que morei lá?, toda a minha infância e adolescência. É um bairro horrível, bairro de passagem como dizem, mas eu gosto, tenho um carinho especial. Às vezes, passando por algumas ruas, é como se eu voltasse no tempo, a Real Grandeza, você conhece a Real Grandeza? Passando por lá, o prédio, a banca de jornal, é tão fácil lembrar como eu era, o que eu pensava há dez, quinze anos. Bom, mas não era isso que eu queria te contar, o que eu queria dizer é que, chegando lá, eu decidi ir ao cinema. Eu nem sabia o que

estava passando, mas qualquer filme estava bom. Otávio, você já foi ao cinema sozinho alguma vez?
— Já, algumas vezes.
— Eu não, eu nunca tinha ido ao cinema sozinha antes, aliás, jamais uma idéia dessas havia me passado pela cabeça, coisa mais sem graça ir ao cinema sozinha, tem algo de triste, de deprimente, me lembra aqueles velhos que morrem isolados em casa, em frente à televisão, morrem e ninguém percebe, só cinco, dez anos depois, é que vão achar o esqueleto comido pelas traças, a televisão ainda ligada, horrível. Bom, mas não era isso que eu queria dizer, o que eu queria dizer era outra coisa. Logo que entrei na sala do cinema, percebi que a maioria das pessoas estavam desacompanhadas, assim como eu, estranho, não? Talvez estudantes, aposentados, donas-de-casa, não sei, me deu uma aflição tão grande, não sei te explicar. Então, no cinema, quando apagaram as luzes e começou o filme, aconteceu algo inesperado, eu e aquelas pessoas sozinhas, era como se se estabelecesse entre nós uma espécie de acordo silencioso, como se de repente soubéssemos algo de muito secreto um do outro, algo totalmente íntimo, que ninguém deveria saber mas que naquele momento não havia como disfarçar. Dá pra entender o que eu quero dizer?
— Acho que sim.
— O que eu quero dizer é que dois lugares à sua esquerda tem alguém sentado, está escuro, você não tem como ver o rosto, nem sabe se é velho ou se é jovem, mas há entre vocês um elo, e você sabe que ele sabe que você sabe. É uma espécie de segredo, de tristeza compartilhada, é, acho que é isso que eu queria dizer. Há muito tem-

po, eu li em algum lugar, num livro de auto-ajuda eu acho, uma frase que dizia que amar é compartilhar a própria solidão, é bonito, não é?!

— É, Laura, é bonito, mas talvez você estivesse apenas...

Otávio pretendia continuar a frase, mas eu o interrompi:

— E então eu ficava pensando que talvez aquilo fosse uma espécie de amor. Você acha que eu poderia amar aquela pessoa desconhecida ao meu lado?

Otávio me olhou impaciente, irritado.

— É possível, porém seria uma idealização.

Uma idealização. Pronto, era sempre assim, sempre que eu queria dizer algo importante, algo que realmente importava, Otávio vinha com teorias, Otávio não queria ouvir a verdade, ele queria apenas o que ele queria.

— Por que uma idealização, que amor não é idealizado?

— É, o amor é muitas vezes uma idealização, mas existem formas de amor. O amor por uma pessoa de carne e osso, que existe com seus defeitos e qualidades, e o amor que você pode sentir pela humanidade, ou por um desconhecido no cinema.

— Só que é bem mais fácil amar um desconhecido no cinema do que amar a humanidade.

— Ah, com certeza. — E Otávio riu.

Eu gostava quando Otávio ria, não aquele sorriso de gesso que ele costumava esboçar, como se tivesse acabado de sair de uma cirurgia plástica, mas um riso de verdade, quase desprevenido. Eu comemorava internamente, tinha vencido mais uma de nossas pequenas batalhas, pensava.

Talvez Otávio, no fundo, gostasse de mim, talvez até me achasse interessante, talvez, quem sabe, houvesse uma chance, eu me entusiasmava com a possibilidade.

— Otávio?

— Sim.

No entanto, acabei dizendo qualquer coisa, o que primeiro me veio à cabeça.

— Otávio, você já idealizou alguém?

— Já. — A voz tentava parecer tranqüila, mas soava algo insegura, possivelmente ele se arrependera da resposta. Tentou consertar: — É provável, Laura, é provável. Mas voltemos ao que você estava falando, você estava falando sobre o que aconteceu quando foi ao cinema semana passada, continue.

Otávio mudara de assunto, claro, ele sempre mudava de assunto quando o assunto era ele. Eu não consegui continuar, não depois daquela reação, era tão fácil perder de um momento para outro tudo o que havíamos conseguido.

— Foi isso que eu acabei de te dizer, fui ao cinema sozinha, só isso.

— Tem certeza? Eu tive a impressão que você queria me dizer algo mais.

— Não, era só isso mesmo.

2.

Era um filme argentino, um filme argentino sobre uma equação matemática facilmente demonstrável com a ajuda de uma fita de papel: pega-se a fita de papel, vira-se uma das pontas ao contrário, cola-se uma ponta na outra; pega-se uma formiga, põe-se a formiga para passear sobre a fita; observa-se como a formiga desliza pelos dois lados da fita por toda a eternidade. No caso do filme, não era uma formiga, mas o protagonista, um cara qualquer que, em vez de deslizar por uma fita, ficava andando no metrô de Buenos Aires por toda a eternidade, ele e mais três ou quatro passageiros, totalmente alheios ao desenrolar dos fatos, dormindo, ouvindo música, lendo qualquer coisa para passar o tempo. Antes do filme, um professor universitário que, tendo passado uma semana em Buenos Aires, se proclamava profundo conhecedor da cultura portenha, nos brindou com uma esclarecedora palestra sobre a influência do tango na montagem performática enquanto linguagem subjetiva, ou a influência do tango na linguagem performática enquanto montagem subjetiva ou algo parecido. E, quando a palestra acabou, ficamos todos em silêncio, incapazes de estabelecer conexões minimamente aceitáveis entre a formiga que passeia pela fita e a montagem performática, e aliviados por enfim poder acompanhar o protagonista no metrô por toda a eternidade.

Duas horas depois a eternidade já havia terminado, mas eu continuava adiando o momento de voltar para casa, a casa que era na realidade um quarto que eu alugava a dez minutos do centro de Frankfurt. Não porque o quarto fosse ruim, ou porque algo desagradável me esperasse, não, mas apenas a facilidade que era continuar ali, o edifício de paredes altas, as escadas, o cinema. Decidi continuar ali, sentei-me numa das mesinhas do café ao lado e abri o livro que carregava comigo nas últimas semanas, a encadernação barata, as páginas soltas, para passar o tempo, sem nunca acabar de ler. Abri num conto sobre uma jovem norueguesa chamada Ulrica e sobre Javier, um professor colombiano, os dois se encontram em algum lugar na Inglaterra, conversam a respeito de mitologia nórdica, passam uma noite juntos, e no final ela desaparece. Acabei de ler o conto e fechei o livro, guardando-o novamente no bolso da calça. Sem filme e sem livro, olhei em volta, ao meu lado uma estudante de cinema ou de química ou de astrologia ou algo parecido bebia qualquer coisa sem açúcar, observei-a com mais atenção, saia preta até os pés, pesados coturnos, um pulôver de lã, um longo cachecol colorido enrolado no pescoço, caindo pelas costas, o ca-

checol colorido quase arrastando no chão, também no chão uma bolsa de pano cravada de espelhinhos e miçangas, e um velho sobretudo de cor indefinida. Dentro da bolsa, provavelmente uma barra de cereais, um romance histórico sobre a vida de alguma princesa asteca, uma agenda de papel reciclado, o cardápio de algum restaurante vegetariano de autogestão comunitária. Alta, os cabelos louros caindo sobre os ombros, não chegava realmente a ser bonita, mas chamava-se Ulrike.
— Ulrike. — E isso mudava tudo.

De um momento para outro era como se algo inesperado pudesse acontecer, no meio de todos aqueles filmes, daquela gente, daquelas performances, algo inesperado, e eu quase contente por não ter ido logo para casa, agora sentado naquele café ao lado daquela mulher chamada Ulrike, e respondi quase incrédulo, Javier, o meu nome, pela primeira vez o meu nome como se falasse em código, surpreso por não me chamar Juan ou Guillermo ou Ramiro, que por certo seriam nomes muito mais adequados, pensei rapidamente, mas Ulrike, que não compreendia o meu nome, tão diferente o seu nome, Ulrike se desculpava, pedia para repetir, a pronúncia, a dificuldade, Javier, disse novamente, e Javier mudava tudo e fazia do nosso encontro uma espécie de representação involuntária, dando-lhe um toque de irrealidade e por isso mesmo tornando-o muito mais possível, verdadeiro. Javier, eu disse, e esperei que ela me reconhecesse, que se estabelecesse entre nós uma certa empatia, a comunhão silenciosa daqueles que ao acaso descobrem um segredo em comum, ao acaso o mesmo dia, ao acaso a mesma cor, sim, porque não há como negar a empatia, Ulrike, com o desconhecido que ao seu lado lê o mesmo livro no ponto de ônibus, o mesmo livro, Ulrike, talvez o escritor japonês que ninguém conhece, e o desconhecido que de repente também sabe que você sabe e que não há como fugir. Ulrike, porém, não me reconheceu, nem a mim nem à história que começávamos a representar, mas mesmo assim ainda a empatia, e eu que ainda tinha esperanças. Conversamos sobre o filme, Ulrike achava muito interessante, sobre teorias matemáticas, Ulrike também achava muito interessante, e sobre as nossas respectivas ocupações e todas essas coisas supostamente inofensivas sobre as quais conversam desconhecidos num café — Ulrike estudava antropologia e sonhava em um dia fazer pesquisa de campo em Assunção, ser correspondente no Iraque, documentarista na Etiópia, testemunha ocular em Cali. Ulrike se interessava por sociolingüística e ritos africanos, bebia café sem açúcar e usava um longo cachecol colorido enrolado no pescoço.

Já sobre mim não havia muito a dizer, preferi mostrar-lhe o livro que trazia, Ulrike nunca tinha ouvido falar, não, nunca ouvi falar, mesmo assim não desisti. Acabei dizendo que era colombiano, de Bogotá. Fiz uma pausa, dessas que esperam respostas, dessas que se seguem às grandes revelações, senha: Bogotá, contra-senha: Noruega, Ulrike, Noruega, eu poderia sussurrar no seu ouvido. Ulrike me olhou com um entusiasmo que nada tinha a ver com o livro, que afinal não era todo dia que a gente se depara com alguém de Bogotá, e tudo o que essa pessoa representa e sabe e viu, e todas essas coisas interessantíssimas, essa forma tão diferente de viver, outra cultura, costumes, comidas, cafés, arrumou uma mecha de cabelo que lhe caía sobre os olhos e comentou que adoraria conhecer a América Latina, lembrou-se que havia lido um livro sobre o deserto do Atacama, sobre um homem que tinha atravessado o Atacama a pé. Eu continuei mentindo, de Bogotá, não por falta de sinceridade, mas porque ainda esperava, até o último momento, que Ulrike não acreditasse, que eu falava espanhol, que tinha até uns discos, uns retratos, tapeçarias panamenhas nas paredes, artesanatos, mantas coloridas, flautas feitas à mão. Mas Ulrike acredita, e já não tenho como voltar atrás, Ulrike acha que sim, e eu concordo que sim, que semana que vem com certeza, que semana que vem danças e artesanatos e retratos feitos à mão, e saio apressado, deixando numa folha de caderno um número de telefone e o meu nome, Javier, de Bogotá.

3.

O catálogo de quinze páginas anunciava uma mostra do melhor do cinema do subcontinente, o subcontinente assim mesmo, submerso, subcutâneo, o prefácio escrito pelo mesmo especialista da palestra argentina explicava que o cinema do subcontinente reflete a visão fragmentada de uma modernidade tardia, ou de uma pós-modernidade tardia ou de uma hipermodernidade tardia, já não me lembro, mas o que importa é que algo era tardio e lento e levavam-se longos minutos para chegar ao artigo sobre documentários performáticos e o tango argentino da quarta página. Na capa, duas fotos, numa alguém vestido de Corisco, na outra um casal flutuando por cima de uma cama desfeita.

Foi na terceira ou quarta página que reencontrei Ulrike. Na fila da bilheteria, meus pensamentos vagavam pelos assuntos mais variados e inúteis — o motorista do ônibus ajeitando a gravata do uniforme, um mendigo comprando comida de cachorro no supermercado, um violinista russo sendo aplaudido por turistas japoneses, duas pessoas à minha frente Ulrike lia o catálogo compenetrada, o rosto sério, sem olhar para ninguém. Esperei que pagasse, que se virasse, que me visse e dissesse qualquer coisa sobre o tempo, sobre os tupis-guaranis ou sobre a localização de Machu Picchu. Ela passou por mim sem cumprimentar.

— Ulrike... — chamei.

Ela continuou andando. Resolvi deixar pra lá, comprei minha entrada e fiquei por ali mesmo, desinteressado, passeando os olhos pelos cartazes, pela programação, ao meu lado um grupo de senhoras conversava sobre a última viagem a Varadero, eu me afastei discretamente, o incidente com Ulrike já quase excluído da memória, mas, quando cheguei na ante-sala, lá estava ela outra vez, sentada num degrau da escada. Fingia ler um livro, provavelmente sobre o peregrino do Atacama. Sentei-me ao seu lado. Ulrike, apesar de tudo eu gostava daquele nome, nem tanto do nome em si, mas de pronunciá-lo, do esforço que me custava a pronúncia correta, a pausa a que me obrigava antes do erre, uma pequena introversão, como se, ao pronunciar o nome, fosse possível apropriar-se dele, torná-lo independente daquela pessoa ali ao meu lado, poderia repeti-lo a cada instante, Ulrike. Talvez o desejo de me aproximar dela fosse apenas para poder ouvir minha própria voz dizendo Ulrike, Ulrike.

— Ulrike...

Ela me encarou por alguns instantes e disse num tom ressentido, decepcionado, que o número, que o nome, que a mentira, que Javier de Bogotá coisíssima nenhuma, por quê? E eu que já desistira da senha, da contra-senha, da história toda, ao ouvir aquele nome da boca de Ulrike, tive vontade de rir, Ulrike me olhava séria, ligara para o número que eu lhe dera, um número inexistente, por que alguém dá o telefone errado?, assim, sem que lhe peçam nada? Ela perguntava como se perguntasse para si mesma, eu fiz de conta que não entendera, mas a verdade é que Ulrike tinha razão, Ulrike não havia me pedido nada, Ulrike apenas conversara comigo, como conversam dois desconhecidos num café, eu é que resolvera, de um momento para outro, inventar qualquer coisa, escrever qualquer número numa folha de papel. Por um instante, pensei em me retratar, flores, bombons, pedidos de desculpa, mas acabei não inventando desculpa alguma, apenas comentei que bom te reencontrar, o que na minha mentira não deixava de ser verdade, Ulrike. Ulrike não responde, o vinco dos lábios para baixo numa espécie de sorriso ao contrário. Eu simplesmente me decidira pela versão mais simples, que estive te procurando e pensando como poderia te encontrar. E ela dizendo, ainda chateada, ressentida, decepcionada, que não costuma enganar assim as pessoas, assim como eu, que inventam qualquer coisa, só pra quê? com que intenção?, pergunta Ulrike, que não costuma enganar assim as pessoas. E eu que poderia explicar tanta coisa, explicar, por exemplo, que o livro e o conto e os personagens e o encontro na Inglaterra, poderia explicar que tanta coisa, mas acabo não dizendo nada, apenas o relógio da entrada e o filme, Ulrike, o filme que já começara? Ponho a minha mão quase imperceptível sobre o seu ombro, e entramos num cinema repleto de pessoas e lugares marcados. A minha mão sobre o ombro de Ulrike, que era um ombro redondo e escondido sob um pulôver de lã, quase imperceptível, como que nos guiando por entre as poltronas, aponto para dois lugares vagos logo ali, Ulrike parece confusa, faz menção de falar, de reclamar, opor-se, perguntar, querer, mas as luzes que se apagam e nós no meio do caminho e as pessoas que começam a reclamar, já quase sem resistência, o lugar escolhido. Ulrike senta-se ao meu lado.

Ao meu lado, sua respiração é inquieta e desencontrada, minha respiração é turva e a toda hora insiste, Ulrike.

Na tela, um homem de uns trinta e poucos anos caminha sem rumo pelas ruas de Montevidéu, freqüenta sempre o mesmo bordel e, quando não está resmungando alguma coisa sobre a mulher que sabe voar, passa o seu tempo conversando com a morte ou recitando poemas de Benedetti. Coisas insólitas, como a morte que usa gel nos cabelos e Benedetti que recita seus próprios poemas em alemão, não são questionadas, mas Ulrike não sabe quem é Benedetti e, mesmo não gostando de gel nos cabelos, acha aqueles poemas lindos, as conversas com a morte uma idéia genial e o protagonista um charme, ah, sim, o protagonista é mesmo um charme, um artista, desses bem incompreendidos, desses bem injustiçados, e por isso mesmo extremamente profundo e melancólico, passeando com seu sobretudo preto, escrevendo livros que ninguém compra, freqüentando cafés, pensando em suicídio e nos anos em Paris. Ulrike acha lindo também aquilo da mulher que sabe voar. No final, porém, o protagonista, apesar de todo o seu charme e melancolia, acaba sem Benedetti, sem a mulher voadora, sem a morte, sem nada nem ninguém... Ulrike acha lindo. O público aplaude; o público também acha lindo.

Na saída, ajudo-a a vestir o casaco. Ulrike, apesar de achar tudo lindo, novamente tenta se opor, talvez pensando em me dizer, mais uma vez, que a mentira, que o número de telefone, ou então já esquecida do incidente, que não, obrigada, não sem certo rancor, ao ajudá-la a vestir o casaco, que ela mesma é capaz de vestir a própria roupa, que faz isso sozinha toda manhã, mas talvez os poemas em alemão, a melancolia, o tango argentino, não sei, talvez apenas cansaço, os braços esticados como para facilitar minha gentileza, meu cuidado, minha cartola, minha casaca jogada sobre a poça d'água, seus sapatos de cristal, seu chapéu de veludo, suas meias de náilon. Eu sorrio discreto e condescendente, ela não diz nada.

Depois, ficamos por alguns instantes parados na saída do cinema, suspensos, sem saber o que dizer, enquanto as pessoas cheias de pressa pedem licença, reclamam que é um absurdo, que jantares por fazer, horários de metrô, aulas de espanhol, enquanto nós, desocupados, não temos mais nada para fazer além de atrapalhar pessoas ocupadas e cheias de pressa na saída do cinema, resmungos, advertências, quer fazer o favor de dar licença, então nós, os desocupados, que não temos jantares, nem bilhetes de metrô, nem aulas noturnas de espanhol, deixamos livre a porta de saída e vamos caminhando em silêncio pela beira do rio.

4.

— Sabe que outro dia eu menti pra você?
— Mentiu? — Otávio falou naquele tom de surpresa que sempre soava falso quando vindo dele.
— É, quando eu falei aquilo do cinema, lembra?
— Lembro.
— Eu disse que não havia mais nada para contar, mas é mentira.

Fiquei em silêncio como se fizesse uma pequena pausa para criar coragem. Otávio disse em tom compreensivo:
— Então conte, Laura, o que foi?

Otávio não se importava com as minhas mentiras, estava convencido de que toda mentira era apenas mais uma versão da verdade. Tinha me explicado que só o fato de eu ter escolhido determinada mentira e não outra qualquer já era suficiente para fazer dela uma confidência, uma revelação. Por exemplo, ao mentir dizendo que havia comido um sanduíche de queijo, eu tinha feito uma escolha, já que poderia ter mentido de inúmeras outras formas, dizendo que o sanduíche era de tomate ou de carne ou de atum. O que significava que, por mais que eu inventasse os mais variados subterfúgios (por exemplo, o queijo, e até mesmo o próprio sanduíche) com o intuito de me esconder, no fundo estaria sempre me revelando. Resumindo, não havia saída. Mas, mesmo assim, de vez em quando eu tentava.

— Dois bancos à minha esquerda, tinha mesmo alguém. Quando ele chegou, já havia começado o filme, não pude ver o seu rosto. Mas dava a impressão de ser um homem jovem, moreno, me pareceu que usava calça jeans. Não vi o rosto, mas vi as mãos dele, quer dizer, vi a mão direita dele, olhei assim de lado, tinha as mãos tão bonitas, fortes e ao mesmo tempo delicadas, os dedos finos, pareciam dedos de pianista. Eu nem prestei direito atenção no filme, tinha algo naquele homem, na presença dele, que me atraía, me intrigava, sei lá. Eu fiquei ali, vendo o filme sem realmente ver o filme, pensando como ele devia ser, como deviam ser seus gostos, sua vida, se ele estudava, trabalhava, essas coisas.

— E a que conclusões você chegou?

— Não muitas. Primeiro pensei que ele devia ser um homem sensível.

— Sensível, e por quê?

— Ah, acho que por causa do filme que estávamos vendo. Era um filme poético, um filme romântico, sobre um escritor em Montevidéu. Ele se apaixona por uma prostituta, no início ela o rejeita, mas depois acaba se apaixonando também.

Otávio me olhava com especial interesse, em poucos segundos começaria a anotar no caderninho, eu daria tudo para saber o que ele tanto escrevia naquele caderno, daria qualquer coisa. Mas nisso ele era implacável, as anotações eram segredo profissional, notas pessoais, indevassáveis, todos os meus sonhos e medos e fracassos resumidos num relatório guardado a sete chaves na gaveta, confidencial, ou então, truque conhecido, deixado displicentemente sobre a mesa, como se não tivesse importância: sonhou que atravessava o Atacama, acompanhante indefinido, tendência à dispersividade.

— Pela lógica, um homem que vai sozinho, no meio da tarde, ver um filme desses tem que ser uma pessoa sensível, você não acha?

— É possível.

— Mas obviamente não era só isso, senão poderia ter sido qualquer um ao meu lado que eu ia me apaixonar do mesmo jeito. Não, ele tinha algo diferente, especial, algo que vinha da sua presença... Ah, sei lá, Otávio, não sei explicar.

— Você disse "apaixonar", Laura, você está me dizendo que está apaixonada por esse homem?

— Eu disse "apaixonar"?

— Disse.

— Não, eu não disse, você não ouviu bem, eu disse apenas que ele era especial.

— Hum, certo — Otávio concordou, incrédulo.

— Bom, o que importa é que eu não consegui ver o

filme direito, fiquei o tempo todo imaginando como ele era, ansiosa para finalmente acenderem as luzes. Engraçado, por algum motivo, eu tinha certeza que ele era bonito, mesmo sem ter visto o seu rosto, eu tinha certeza. Estranho, não? Afinal, ele podia ser manco, banguela, ter o rosto coberto de queimaduras. Mas, engraçado, eu nem pensei nessas possibilidades. Eu só pensava no que eu ia fazer quando acendessem as luzes, ir atrás dele, segui-lo até o saguão. Mas depois decidi que o destino resolveria por mim.

— O destino?

— É, Otávio, o destino. Eu pensei o seguinte: se ele fosse embora direto, sem sequer olhar para mim, eu ia esquecer, achar que era para ser assim mesmo, mas, se em vez disso ele ficasse por lá, passasse na livraria ou fosse beber alguma coisa no café, então seria um sinal.

Otávio se esforçava por parecer neutro, mas era claro que ele estava achando tudo aquilo muito suspeito.

— Um sinal, e o que esse sinal indicaria?

— Indicaria que havia algo entre nós, uma história que estava por começar, e que ele também sabia disso, e, se não sabia, não importava, já que não há como escapar dessas coisas. Você não acredita em destino? Eu acredito, acredito em cartomante, em astrologia, em quase tudo, é besteira acreditar, eu sei, mas também é besteira não acreditar, eu acredito que existem sinais que a vida te dá, sinais que você deve levar a sério, que são importantes, que estão querendo te dizer alguma coisa.

— É possível...

"É possível", essa era uma das expressões favoritas de

Otávio, sempre que ele não queria se comprometer, concordar, discordar, vinha com o "é possível" dele. Isso me irritava, mas preferi ignorar.

— Bom, então eu decidi isso e fiquei ali, esperando o filme acabar, e, quando o filme acabou, ele se levantou antes de mim e foi andando. Eu fiquei ali sentada, dando um tempo para ele se decidir, que eu não queria ir logo assim atrás dele, não queria forçar nada, o destino, sabe?, eu queria que as coisas acontecessem naturalmente. Fiquei ali, esperando com toda a calma, depois passei no banheiro, arrumei o cabelo, retoquei o batom. Eu me olhei no espelho e achei que não estava mal, estava até bonita, eu, que normalmente não me acho bonita...

Baixei os olhos para o tapete colorido, as minhas pernas, os meus pés, as sandálias de salto alto, altíssimo, as unhas recém-feitas. Continuei:

— Me acho feia até, o meu rosto, sei lá, é redondo demais, ah, isso sempre me incomodou, por mais que eu emagreça o rosto sempre redondo, já pensei até em fazer uma lipo, sabe?, outro dia li que antigamente, quando não tinha lipo, as mulheres mandavam arrancar um ou dois molares de cada lado, para ficar com o rosto assim, mais fino, delicado, li que a Marlene Dietrich fez isso, apesar de que eu nunca achei que ela fosse tão maravilhosa assim, um rosto meio estranho, assimétrico, bom, de qualquer forma, quem sou eu para criticar o rosto da Marlene Dietrich, logo eu, que nunca fui bonita, ou pelo menos nunca me achei bonita...

Naquele momento fiz uma pausa, talvez esperando que Otávio discordasse, que dissesse que eu era linda, que isso de eu me achar feia era apenas um sintoma da minha insegurança, da minha falta de auto-estima. Só que ele não disse nada, continuou lá, na sua poltrona, mudo e elegante como sempre. Sim, Otávio é que era um homem bonito, pena que ele tivesse tanta certeza disso. Ele continuou calado, eu não me contive, acabei perguntando:

— Otávio, você me acha feia?

Otávio sorriu, um sorriso que podia ser tanto de admiração quanto de escárnio.

— Não, Laura, claro que não. Você é uma mulher muito atraente.

Atraente, grande coisa, "atraente" era uma palavra que, vinda de Otávio, não tinha significado algum, isso ele devia dizer a todas as mulheres que passavam por aquele sofá. Louise, você é uma mulher muito atraente, Rita, você é uma mulher muito atraente, Dolores, você é uma mulher muito atraente, sempre com aquele sorriso estampado.

— É, só que atraente não é necessariamente bonita, uma pessoa pode ser atraente e horrorosa ao mesmo tempo.

— Você é atraente e muito bonita, Laura, você sabe disso.

É, eu sabia, como poderia pôr em dúvida?, estava claro que eu sabia. Perguntava só para provocar, era o que ele pensava, só para ouvi-lo dizer, não, Laura, você é uma mulher lindíssima, Laura, você é uma mulher irresistível, Laura, você é a mulher mais bela que já apareceu neste consultório. Talvez achasse que eu estava apaixonada por ele, é bem provável, quem não se apaixonaria por um homem como Otávio? Soltei o cabelo que usava preso num rabo-de-cavalo.

— É claro que eu não sei, se soubesse não precisaria perguntar.

— Muitas vezes fazemos perguntas já na expectativa de ouvir determinada resposta.

Ignorei o comentário, continuei falando.

— Bom, a questão é que eu me olhei no espelho naquela hora e me achei bonita, naquela hora, que fique claro. Então, eu saí do banheiro e fui até a livraria, ele estava lá, na parte de literatura estrangeira. Era alto, o cabelo levemente ondulado, castanho, não era comprido, mas também não era muito curto, calculei que ele devia ter a minha idade. Não quis chegar muito perto, sei lá, não queria ser tão óbvia. Fui para a parte de livros de arte, escolhi um Portinari, fiquei folheando, na verdade esperava uma chance, que ele olhasse para mim, que me percebesse. Ele havia retirado um livro da estante, e lia, absorto, como se estivesse em casa, meia hora, e ele continuava lendo, parecia nem ter notado a minha presença, aliás, ele parecia não notar nada nem ninguém. Eu desisti, disse a mim mesma, vou esperar mais cinco minutos e, se ele não me vir, vou embora. Os cinco minutos se passaram, e eu acabei comprando o livro do Portinari, só para ganhar tempo, falei bem alto com a vendedora, ah, que sorte ter encontrado este livro, há tempos que eu vinha procurando, Portinari, a vendedora respondeu qualquer coisa que eu não lembro, enquanto ele continuava lá, imóvel, como se eu não existisse, acabou que eu paguei o livro e fui embora. Naquele momento eu o odiava, mas da mesma forma poderia ter me apaixonado por ele...

Otávio parecia interessado, eu fiz uma pequena pausa de modo a criar um certo suspense, ele comentou:

— E por que você acha que poderia ter se apaixonado?

— Não sei te dizer, mas tive certeza que poderia ter me apaixonado, aliás, poderia ter feito as maiores loucuras por causa dele. Você não acha estranho a gente se apaixonar assim por um desconhecido?

— Um desconhecido pode muito bem funcionar como uma tela de projeção.

— Tela de projeção? Otávio, a gente está falando de amor, não de cinema — eu disse em tom de brincadeira, Otávio pareceu não achar muita graça, ele nunca tivera mesmo muito senso de humor.

— Laura, se entendi bem, você não sabe nada sobre esse homem, não chegou sequer a falar com ele, não é assim?

— É.

— Então ele pode ser quem você quiser que ele seja, você pode projetar nele todo tipo de desejos e expectativas.

Otávio falava professoralmente, como se eu fosse uma pobre coitada que nunca tinha ouvido falar em projeção ou repressão ou o que fosse. Às vezes, a raiva que eu sentia dele se tornava incontrolável.

— Ah, Otávio, sinceramente, se fosse assim, eu poderia me apaixonar por qualquer desconhecido que aparecesse no meu caminho, poderia projetar os meus desejos no pipoqueiro da esquina, no cara do supermercado, até na voz do telemarketing.

Otávio continuava não achando graça, era evidente que estava a ponto de perder a paciência, os lábios que se contraíam quase sumindo pela boca, o corpo como se quisesse levantar-se e ir embora, até mesmo para alguém como Otávio o controle emocional era algo que exigia esforço. No seu caso, porém, esse esforço sempre dava certo, após alguns segundos o corpo imóvel e o rosto paralisado feito máscara numa expressão de indulgência, afinal, pessoas como ele tinham a obrigação de ser compreensivas, jamais se deixar levar por afetos, incompatibilidades, divergências pessoais. A solução era ignorar o que eu havia dito:

— Laura, o que você esperava encontrar nesse homem?

Ah, eu esperava tanta coisa, que ele tirasse um ramo de flores da manga, que recitasse para mim um poema em francês, que beijasse a minha mão ao me cumprimentar e me ajudasse a vestir o casaco ao sair de casa, que estendesse um tapete vermelho para que eu pudesse passar sem sujar os sapatos, coisas assim.

— Sei lá o que eu esperava, provavelmente nada.

— Não mesmo?

Otávio continuava naquele seu tom professoral, mas mesmo assim eu resolvi fazer as pazes, corresponder aos seus desejos, que infelizmente eram bem diferentes dos meus:

— Bom, talvez eu esperasse que ele correspondesse ao meu desejo, não é isso que todo mundo espera?

— Freqüentemente.

— Pois é, só que os desejos raramente são correspondidos, veja o meu caso, a mulher do Júlio deseja o Júlio, que por sua vez deseja a mim, quanto a mim, eu desejo o cara do cinema, e o cara do cinema deseja, quem sabe, a vizinha ou a mulher da banca de jornal, quem sabe. É uma injustiça, você não acha? Isso sem falar na possibilidade de eu estar redondamente enganada e a mulher do Júlio não estar nem aí pra ele, desejando na verdade o seu personal trainer, e o Júlio, então, talvez quem ele deseje mesmo seja a secretária do quinto andar, vai saber.

— E isso te incomoda?

Os olhos de Otávio brilhavam, pareceu-me entrever uma ponta de maldade.

— Isso o quê?

— A possibilidade do Júlio desejar a secretária.

— Não, nem um pouco.

Mordi a lateral do dedo médio, o velho hábito de roer unhas. Era óbvio que Otávio não acreditara.

— Da última vez você me disse que vocês estavam se vendo cada vez com menos freqüência.

— É verdade, no começo, nos primeiros anos, ele vinha quase todo dia, quer dizer, sempre que dava, às vezes até no final de semana, quando a mulher dele subia pra Itaipava e ele dava um jeito de ficar aqui no Rio, inventava que era por causa do trabalho. Agora não mais, aparece só de vez em quando. Não que sua generosidade tenha sofrido alguma mudança, ele continua pagando religiosamente a faculdade, o aluguel do apartamento, luz, água, gás, condomínio, uma mesada para os meus gastos pessoais. Uma mesada indiscutivelmente generosa, é necessário dizer. Continua pagando sem perguntar, sem exigências, sem que eu precise explicar para quê. E, além disso, ele se preocupa, se preocupa comigo, você sabe, tanto se preocupa que me pediu para vir falar com você. Foi Júlio que pediu, você sabe que eu não teria vindo por iniciativa própria. Ah, Júlio é um homem maravilhoso, você não acha?! Quem não gostaria de ter alguém assim, cuidadoso, preocupado, capaz de qualquer coisa pra me ver feliz? E eu sou uma mulher de sorte, você não acha?

— Você me disse que a freqüência sexual também havia mudado.

— É, Otávio, a freqüência sexual. — Fiz cara de deboche, Otávio continuou sério.

— Fale-me um pouco mais disso.

— Do quê, da nossa freqüência sexual?

— É.

Fiquei séria novamente.

— Ah, não tem muita coisa para falar, eu já te disse, a gente quase não transa. No início, quer dizer, durante os primeiros anos a gente transava sempre, era normal, depois com o tempo foi diminuindo, diminuindo, até que nos últimos tempos a nossa freqüência sexual se tornou mínima, duas vezes por mês, no máximo, você acha que é normal?

— Depende do casal, Laura, para alguns é mais que suficiente, para outros é pouco.

— Não sei, não, acho que com a amante é meio pouco, não acha? Porque, se com a amante já tá assim, imagina como deve ser com a mulher.

Otávio riu, eu também achei graça. Raramente isso acontecia, isso de rirmos juntos, eu e Otávio. Eu gostava, dava a sensação, mesmo que fosse falsa, de que éramos apenas dois bons amigos ali, conversando, se divertindo.

— E isso te incomoda?

— A nossa freqüência sexual?

— É.

Pensei por alguns instantes na melhor resposta, às vezes era assim, tudo dependia da conveniência da resposta.

— Sim e não. Por um lado, não me incomoda em nada, já que eu não sinto vontade nenhuma de transar com o Júlio, aliás, não sinto vontade de transar com ninguém. Por outro lado, fico pensando, eu tenho vinte e oito anos, dizem que o auge sexual das mulheres é aos trinta, e, para alguém que está quase no auge, eu não estou lá muito bem. Fico pensando, se este é o auge, como é que vai ser quando eu fizer quarenta e começar a decadência?

— E o que te faz pensar que aos quarenta começa a decadência?

— Ah, Otávio, ninguém precisa me dizer, eu sei.

— Você está enganada, envelhecer não significa decadência, muito menos aos quarenta.

— Perdão, desculpa a injustiça, envelhecer é uma maravilha, mal vejo a hora de aparecerem os meus primeiros cabelos brancos.

— Certo, Laura, deixemos esse assunto para depois, agora voltemos ao que estávamos falando, que me parece ser um aspecto importante. Você diz que não tem vontade de transar com o Júlio nem com ninguém. E esse homem do cinema, você transaria com ele?

Otávio sempre tinha esse tipo de pergunta, fazia parte do seu manual. Observei-o com atenção, será que eu transaria com ele, Otávio? Muito provavelmente, ali mesmo se ele quisesse, só para que ele anotasse em seu caderninho, só para que escrevesse em seu relatório: freqüência sexual conjugal, uma vez por mês, freqüência sexual terapêutica, uma vez por semana. Eu deitada naquele sofá, nua.

— Ah, com ele eu transava, ali mesmo no sofá, quer dizer, no cinema, era só ele querer.

Encarei-o com um sorriso, Otávio desviou o olhar, era a primeira vez que ele desviava o olhar, pensei com entusiasmo, bom saber que ele não era assim, tão impermeável como gostaria, uma pequena vitória, ajeitei a saia, continuei sorrindo.

— E você, Otávio, você acha que ele transaria comigo?

5.

Ulrike tirou a roupa e ficou ali, em cima da cama, nua, sorrindo, enquanto eu, apoiado no parapeito da janela, observava os seus gestos acompanhado de uma taça de vinho e de um desejo tênue e inconstante, não mais como no cinema há poucas horas, quando o desejo era quase uma exigência, uma necessidade, e eu poderia fazer qualquer coisa para tê-la ao meu lado, e eu poderia repetir indefinidamente o seu nome, Ulrike. Um desses raros instantes, cada vez mais raros, cada vez mais breves, quando o desejo ainda não havia se dissipado, e se materializava em forma de promessas e olhares e excessos. O desejo que, obstinado, me escapava, se esvaía, à medida que Ulrike ia se desnudando e adquirindo um ar conhecido, quase familiar, e eu a observava, inerte, como quem estuda um manual de instruções. Você não vai tirar a roupa também?, ela perguntava, doce porém enfática. Ulrike tirava a roupa com a mesma lógica de quem ia nu à praia, famílias de nudistas, pais e filhos jogando frescobol, lendo Proust, fazendo churrasco, nada de pudores nem pecados, que, na versão espiritual, o corpo, ah, o corpo é apenas uma casca, um invólucro, o que importa realmente é o que vem de dentro, não do corpo, que fique claro, mas da alma, o que temos de mais profundo e verdadeiro, que o corpo, ah, o corpo é apenas uma máquina, como qualquer outra máquina, perfeita, anatômica, fruto de milhões de anos de evolução, e possui órgãos que levam nomes nitidamente científicos, como vulva ou vagina ou orifícios que guardam em seu interior tecidos e fluidos e mucosas e descargas elétricas.

O corpo de Ulrike nu sobre a cama era de um branco azulado, Ulrike de sangue azul, uns duzentos anos atrás seria linda, pensei, lembrando das duquesas e baronesas reproduzidas em museus, em livros de arte, Ulrike de sangue azul, retratada em Marienbad, passeando pelos belos jardins de Marienbad, bebendo licor de cassis em taças de cristal e sendo pedida em casamento por respeitáveis literatos, ou então correndo pelos jardins do castelo de Versalhes, fazendo piquenique em pleno inverno nos jardins de Versalhes, e a neve caindo sobre o seu sanduíche de foie gras, sua imagem imóvel, exposta nas principais salas dos melhores museus, sua imagem eternizada por críticos de arte e turistas japoneses. Você, Ulrike, eu sei, você diria que eu me enganava, novamente, que não era foie gras, um sanduíche cheio de fígados hipertrofiados para que você pudesse apreciá-lo nas principais salas dos melhores museus, o sanduíche, nunca foie gras, eu sabia, mas de pequenas folhas, delicadas rúculas e alfaces e sementes de girassol. Você diria que eu sempre tento inventar uma história que não é a sua e te colocar em situações em que você nunca esteve, por que, Javier, por que você faz isso comigo? E eu te responderia que não sei, que talvez fosse apenas esquecimento, distração, e continuaria te beijando o corpo branco em cima da cama, e pensando que o teu corpo azulado parece um animal marinho, o teu corpo líquido, longitudinal, e sem saber se isso era bom ou ruim, as minhas mãos percorrendo a textura dos teus seios, a suave curva da tua cintura como se tuas formas, teus contornos, fossem tão corriqueiros e ao mesmo tempo inesperados, a tua boca, a tua voz, como a música que vinha do aparelho de som, uma voz feminina cantando num idioma indecifrável, depois soube que era tcheco, ao mesmo tempo corriqueira e inesperada, e assim, no desenrolar desse nosso primeiro ou segundo encontro, alguém cantava em tcheco alguma coisa que eu não sabia se era boa ou ruim mas que tornava a noite lenta e interminável.

Quando a música acabou, já era quase de madrugada, Ulrike com a cabeça sobre o meu peito, a respiração profunda, parecia dormir, e esse era um tipo de intimidade que sempre me incomodava, isso de ver alguém dormindo, devia ser proibido, eu pensava com um vago sentimento de pudor e os olhos fixos nas cortinas fechadas, a desigualdade entre nós, aquele voyeurismo forçado, não fosse isso eu certamente teria me vestido, ido embora, pela beira do rio, sem Ulrike e suas mãos e seus dedos inquietos. Mas, ao vê-la tão ausente e tão perto ao meu lado, ficou claro que eu poderia dormir ali muitas e muitas noites, não porque eu quisesse ou fosse necessário, mas por pura incapacidade de ir embora, sempre me custara muito ir embora, o primeiro passo, o primeiro movimento, sempre precisara da ajuda de outras pessoas, que num momento de raiva me sacudissem, me expulsassem aos gritos, ou ao menos, cheias de ressentimentos, me tomassem pela mão e dissessem, ali, a porta da saída, vai, o último empurrão. Levantei-me da cama com cuidado para que ela não acordasse, ajeitando a sua cabeça sobre o travesseiro, afastando o cabelo que lhe caía sobre o rosto. No escuro e sem canções tchecas o quarto de Ulrike era muito mais agradável, no escuro era como se estivesse vazio. Fui até a janela e fiquei ali, deixando que entrasse um pouco do ar frio da noite, o barulho dos primeiros carros, os primeiros motoristas saindo para o trabalho, e eu poderia facilmente ficar ali com Ulrike, naquele quarto, durante anos e anos, sem que isso me afligisse de fato.

6.

    Ulrike dividia um apartamento com quatro pessoas, um apartamento enorme, de corredores labirínticos e quartos intermináveis, o último andar de um prédio antigo e sem elevador que já fora uma espécie de internato de moças mas que, da mesma forma, poderia ter sido parte de uma cervejaria ou a sede de uma pequena fábrica de tijolos, o apartamento com Ulrike e mais quatro moradores no último andar e uma escada estreita para o telhado, o telhado de fim de tarde com seus pores-do-sol e suas vistas panorâmicas, que eram a vista da cidade do último andar. E era mesmo uma minúscula cidade, o apartamento, com seus habitantes e as incontáveis visitas, que apareciam e desapareciam.
    Eu me adaptava rápido, e em poucos dias já havia me adaptado àquela rotina que era acordar e me deparar com meia dúzia de desconhecidos a caminho do banheiro, tro-

peçar em sapatos e guarda-chuvas, encontrar jornais velhos espalhados sobre a mesa da cozinha, ou seja, à rotina de Ulrike, que era acordar, ir à faculdade, ler textos científicos sobre antropologia, assistir a filmes nigerianos, beber litros e litros de chá de ruibarbo, e participar de grupos políticos em prol dos desabrigados na Armênia e dos direitos das mulheres etíopes. A rotina de Ulrike, que recebia uma bolsa de excelência acadêmica, que recebia mesada dos pais e trabalhava três vezes por semana num restaurante mexicano. A rotina de Ulrike, que freqüentava bares, lia autores conhecidos sem saber quem eram, gostava de filmes sobre mulheres voadoras e poetas traduzidos, e sonhava em um dia dar a volta ao mundo escrevendo para a *National Geographic*, como se fosse minha, essa rotina, tão rápido o alheio se infiltrava nos meus olhos, nos meus passos, nos bolsos do meu casaco, e eu já tinha praticamente esquecido o quarto de pensão onde morava, que não era ruim, ao contrário, era até agradável, sem aquele ir-e-vir de gente e desejos de bom dia e opiniões imprescindíveis a ser transmitidas para o bem da humanidade, o quarto de pensão onde eu resolvera me instalar afinal, depois de todo aquele tempo, sempre com a certeza de que agora, sim, seria definitivo, que pronto, para sempre, para toda a eternidade, mas sempre acontecia alguma coisa, que poderia ser Ulrike e o apartamento num prédio antigo ou algo parecido ou diferente, e eu novamente deixava a pensão, que poderia ser qualquer pensão, desde que não houvesse quadros nem fotos nem pôsteres pendurados nas paredes. Ulrike achava estranho, como eu podia viver daquele jeito, as estantes vazias, paredes em branco, como eu podia viver, acordar, dormir entre paredes em branco?, ela perguntava, intrigada, e eu explicava que não era de propósito, que as coisas é que iam sumindo assim, as coisas vão sumindo, têm vida própria, eu explicava quando ela procurava e não encontrava o livro, o livro de poemas que ela havia me dado logo após o nosso segundo ou terceiro ou quarto encontro, uma edição especial, acabamento impecável, capa dura, ilustrações, seu poeta favorito, que Ulrike tinha isso de poeta favorito e cor preferida e melhor dia da semana, o que levava a haver na vida de Ulrike não só poetas favoritos e melhores dias como também inúmeras outras demarcações, o primeiro presente, o primeiro dia, o primeiro dia do nosso primeiro aniversário de primeiro mês, duas semanas após o primeiro aperto de mão, três dias depois do primeiro beijo, há exatamente setenta e duas horas e trinta e dois minutos nós nos beijamos pela primeira vez, lembra? Ulrike gostava de datas e comemorações, de livros de poemas e de elefantes indianos no aparador para dar sorte, o que não combinava comigo, que, ao contrário dos elefantes, tinha, sempre tive, uma péssima memória — não sei, Ulrike, onde deixei o livro, devo ter deixado por aí, depois eu procuro, vai ver está lá na pensão, mas não estava, ela querendo dizer que não estava, que a pensão era um quarto com paredes brancas, e ela ficava assim chateada, ressentida, decepcionada, e eu achava que Ulrike tinha razão.

 Deitado na cama ao lado dela, eu olhava em volta, a cama enorme que não deixava espaço para mais nada, um armário de madeira pintado à mão que ela mesma restaurara, eu mesma que restaurei, achei no lixo, quase perfeito, só as portas que não fechavam, e uns retoques na pintura, ficou ótimo, você não acha?, acho, e as estantes ela também achara no lixo, achei perto de casa quando voltava do trabalho, já os livros nas estantes ela não achara no lixo, não, Javier, os livros eu não achei no lixo, sem se decidir se ria ou se ficava chateada, alguns ela comprara, outros foram presentes de parentes e amigos, presentes que ela ia alinhando em ordem alfabética, intermináveis prateleiras repletas de livros de antropologia, livros infantis, livros da época da escola, todos na mais completa ordem, que isso sempre me incomodara, a ordem alfabética, obscuras autoras feministas ao lado de velhos clássicos, essa estranha mistura de autores e personagens comprados em liquidações e supermercados, Ulrike me olha irritada, como se me ouvisse, como se pudesse ler meus pensamentos e dissesse, quase maternalmente, Javier, por que esse desprezo, por que esse desprezo pelas coisas que você não entende?, porque, Javier, você não entende nada. E eu diria que era verdade, que nunca lera a tal Unica Zürn, nem outros nomes um pouco mais ou um pouco menos excêntricos daquela estante, eu diria enquanto olhava para as plantas e papéis amontoados na escrivaninha, a escrivaninha que fora do seu bisavô, um senhor de bigodes em uniforme numa pose de Napoleão que podia ser visto numa foto ao lado dos elefantes, sobre o aparador, velas coloridas. Nas paredes, antigos cartazes políticos, pinturas tribais africanas, tapeçarias, máscaras florentinas, nas paredes, cartões-postais em preto-e-branco, e tantas outras coisas que constantemente chamavam a minha atenção, enquanto, ao meu lado, Ulrike continuava dizendo qualquer coisa que me escapava.

7.

Os amigos de Ulrike eram pessoas exatas e amantes de teorias científicas, os amigos de Ulrike eram pessoas interessantes e criativas, os amigos de Ulrike eram pessoas abertas a culturas exóticas e experiências transcendentais. Passavam as férias em longas peregrinações pelas savanas da África ou em perigosas excursões na selva peruana. Os amigos de Ulrike costumavam contornar a Irlanda de bicicleta, cruzar a pé o deserto do Saara e depois saracotear durante meses espremidos na terceira classe da Transiberiana. Junto ao povo, é claro, sempre junto ao povo, aos menos favorecidos, que ninguém vai querer se misturar com a elite, o pior da elite, o mais desprezível da elite, dessa que passa as tardes nos cafés imperiais de Salzburgo, que vai fazer compras em Paris e depois jantar em Nova York, horrível, você não acha?, ah, péssimo, péssimo mesmo, só um ser muito desprezível mesmo sairia de Paris para jantar em Nova York, e isso sem falar na poluição ambiental e na exploração dos países em desenvolvimento, você sabe muito bem, não é?, ah, claro, eu sei muito bem, claro, você que sofre na pele, você sabe como é, é, eu sei como é, concordo para encerrar logo o assunto, ah, nada como amizades multiculturais, transcontinentais, inter-raciais, tudo sem discriminações, que somos todos iguais e viemos todos da África, me explicava Gudrun, uma rastafári loura que ganhava a vida fazendo colares de contas e dando aulas de suaíli na universidade, viemos todos da África, filhos de Lucy, a mulher-macaco. Nada mais enriquecedor do que esse intercâmbio, dizia Gudrun, nada mais enriquecedor, eu concordava, e assim, sentados à mesa de jantar, no banheiro, no quarto, no telhado, debaixo da escada, discutíamos a respeito de tudo, aos borbotões, o que eu achava, eu, um homem tão culto, que, afinal, havia o doutorado, e toda a indiscutível cultura que pressupõe um doutorado, e a dissertação do doutorado, mesmo que incompleta, mesmo que abandonada pela metade, eu, um homem tão culto, o que eu achava de tudo, do frio, do calor, do desmatamento da Amazônia, da autonomia do Curdistão, do legado de Genghis Khan, do fim do Império Turco-Otomano, do homem na Lua, da vida em Marte. E eu, para não decepcionar, ia comentando, ah, o frio, o frio era o pior, não como nós, nossas matas mais verdes, nossos céus mais azuis, essas coisas, e o calor, ah, o calor e a Amazônia e Genghis Khan.

No entanto, obviamente os amigos de Ulrike não eram um grupo compacto e homogêneo de que se pudesse falar num único parágrafo, não, o grupo de amigos de Ulrike era composto de indivíduos únicos e irreproduzíveis em todas as suas nuances e ambigüidades, entre eles, importante lembrar, um estudante nigeriano, uma garçonete russa, um cozinheiro vietnamita, um músico peruano e uma bióloga alemã, que nada como as amizades multiculturais, transcontinentais, inter-raciais etc. Entre todos eles, porém, eu tinha certa preferência por Sandra, a bióloga alemã, única e irreproduzível, que morava no quarto vizinho ao de Ulrike, logo no início do corredor. Talvez o principal motivo fosse o conforto dessa sua localização geográfica, mas também havia uma espécie de afeição, uma empatia. Logo nas apresentações, o sentimento empático, esta é a Sandra, ela é professora de biologia no colégio logo ali em frente, está escrevendo um livro sobre a evolução dos cetáceos, uma mulher inteligentíssima, explicava Ulrike, apontando para ela como se Sandra fosse uma atração de circo, Sandra ria, sem graça, um sorriso enorme como se gargalhasse, no livro ela estabelece paralelos entre a evolução humana e a dos cetáceos, Ulrike falava entusiasmada, é mesmo?, Sandra explicava alguma coisa sobre conexões irrefutáveis entre a inteligência dos golfinhos e a nossa falta de pêlos, eu sorria, Ulrike continuava, inteligentíssima, e, interrompendo a explicação sobre os cetáceos, mas a sua paixão mesmo é a astrologia. E aí eu começava a gostar mais ainda dela, apaixonada por cetáceos e astrologia, o horário do meu nascimento? Não sei, não me lembro, naquela hora eu provavelmente estava muito ocupado em nascer, Ulrike reclamava, eu era sempre assim, adora responder com evasivas, eu digo que não, que apenas reproduzo frases que li em algum lugar, Sandra comenta, ah, então o seu ascendente deve ser Aquário, e eu concordava, sem dúvida, Aquário, sem dúvida. Sandra tinha a pele branca e longos cabelos avermelhados que não penteava nunca, alta, corpulenta, usava saias coloridas e sandálias ortopédicas, quando andava, ouviam-se seus passos e o tilintar de colares e pulseiras fabricados por ela mesma. Eu gostava de combinações assim, cantora e astronauta, jardineiro e jogador de basquete, ornitólogo e escritor. Sandra era mesmo uma mulher fora do comum, passou o resto da tarde me explicando que nascera com três rins, sendo o terceiro logo acima do rim direito, funcionava?, não, praticamente atrofiado, um capricho da natureza, desde pequena ganhara uns trocados servindo de cobaia para estudantes de medicina e cientistas da universidade. Daí viera o interesse pela biologia, mas logo acrescentava, isso se deve ao seu ascendente em Aquário, você sabe, dizia depois de fazer o meu mapa, e ficava então tudo explicado. Quando você nasceu, a Lua estava em quadratura com Júpiter e Plutão passava por uma revolução no meio do céu.

Sandra falava rápido e muito, a respeito de tudo, saltava de um assunto a outro sem a menor cerimônia, seguia uma lógica própria que eu raras vezes acompanhava. Porém, a minha simpatia por Sandra não era na verdade resultado da nossa proximidade geográfica ou de alguma espécie de atração física ou intelectual, era bem mais a certeza de estar ao seu lado e saber que a minha presença ou ausência era algo totalmente dispensável, e que eu nada mais era do que um interlocutor que ela, de tempos em tempos, vislumbrava. Costumávamos conversar até tarde, sobretudo quando Ulrike estava no restaurante. Às vezes transávamos, na maioria das vezes em movimentos longos e entorpecidos, como se estivéssemos com sono mas, inflexíveis, nos recusássemos a dormir. Na maioria das vezes ficávamos apenas deitados, fumando e olhando as estrelas fosforescentes que ela colava no teto do quarto, eu adoro ficar olhando o céu, ela dizia entre um trago e outro, não é a mesma coisa, eu sei, mas tentei reproduzir o mapa deste mês, tá vendo, ali, à direita?, Sandra aponta com o dedo para um amontoado de estrelas de papel, tô, tô vendo, sim, é Órion, o gigante caçador, e do outro lado do quarto está Escorpião, seu inimigo, no céu de verdade eles nunca se encontram, os inimigos, mas eu achei que seria bom, algo diferente, não acha?, acho, nada como algo diferente naqueles dias tão curtos, acinzentados, de qualquer forma no verão costumo dormir no telhado, é muito mais saudável. Quando a conversa chegava nesse ponto, Sandra fazia misteriosas associações, e passava do verão e do telhado à lembrança de amores antigos, casos sem importância, como os classificava. Sandra gostava de falar do passado, sempre que ficava nostálgica contava de um estudante grego por quem se apaixonara, lindo, lindo, com uma voz de contrabaixo, irresistível, não era mau sujeito, ela dizia, o problema era a sua inconstância, aquela imprevisibilidade, um dia me amava, queria que eu fosse a mãe dos filhos dele, no dia seguinte já tinha mudado de idéia, tinha decidido ir meditar num mosteiro perdido na Mongólia, e ele foi?, perguntei sem muita curiosidade, claro que não, ele a deixara de um dia para outro sem maiores explicações, voltara para a Grécia, uma dessas ilhas, parece que vive com uma australiana e um pequinês numa barraca de camping, era o seu Vênus em Escorpião, ela dizia.

Aquilo era sempre um incômodo, eu pensava, isso de ficar sabendo detalhes da vida alheia, doenças venéreas, traumas de infância, problemas sexuais, o livro que levaria para uma ilha deserta, a desagradável sensação de estar sendo obrigado a compartir misérias e odores alheios, obrigado a uma intimidade que deveria se restringir apenas às mães e seus bebês recém-nascidos. Eu, que jamais gostei de confissões e nostalgias, preferia as nossas conversas sobre extraterrestres, olhando as estrelas de papel, Sandra me explicava que somos todos descendentes deles, de quem, de Lucy, a mulher-macaco?, dos cetáceos?, eu perguntava, só para ouvi-la responder, não diretamente, estou falando dos extraterrestres, ou você nunca pensou nisso?, por que teríamos que ser justamente nós a única forma de vida em todo o universo?, pouco modesto, não acha?, é, concordo, a modéstia parece não ser o forte da nossa espécie, e não é só isso, nós não descendemos dos macacos, não?, eu perguntava com cara de espanto, não, meu bem, nós e os cetáceos somos outra raça, viemos do espaço, do espaço? Eu gostava de ouvir e perguntar sempre as mesmas coisas, quase sempre repetindo a última frase em forma indagativa, viemos do espaço, do espaço?, é, do espaço, de outro planeta, de uma civilização avançadíssima, tenho até um livro aqui, quer emprestado?, não, prefiro que você mesma me conte, como assim do espaço? Viemos do espaço, de uma civilização avançadíssima, conheciam o número pi, o número pi que está em tudo, na natureza, no teu corpo, até nas pirâmides, os egípcios sabiam, os maias também, esta era a sua parte preferida, egípcios, maias, seguia-se o calendário e o fim do mundo, os maias tinham o calendário mais exato da sua época, praticamente perfeito, até o fim do mundo eles previram, 2012, não falta muito, é, não falta nada, eu respondia, e o que você pretende fazer até lá?, até lá quando?, até o fim do mundo, afinal, do que é que estamos falando?, ah, nada de mais, ficar assim como a gente está, jogando conversa fora, e ela sorria.

Só que até o fim do mundo ainda faltava algum tempo, e antes disso Ulrike voltava do trabalho, e eu deixava Sandra com Órion, os maias e os cetáceos e ia preparar alguma coisa para comer, o que eu nunca fazia realmente, porque Ulrike sempre já havia jantado, comi lá no restaurante mesmo, então tá, mas trouxe uns burritos pra você, guacamole para acompanhar, burritos, guacamole, eu nunca tinha gostado, mas comia mesmo assim, todas as vezes, abria uma cerveja e sentávamos os dois na cozinha, tarde da noite, ela animada, contando o dia na faculdade, como foi na faculdade, mais um filme nigeriano?, eu perguntava, e ela respondia que sim, a semana inteira filmes, acompanhados de palestras e de um público interessado de estudantes de antropologia que nunca deixariam de gostar de filmes nigerianos, feitos por um povo tão inteligente e preparado quanto nós (eles), tão criativo quanto nós (eles), aliás, muito mais criativo, muito superior, principalmente quando vinham acompanhados de um nigeriano legítimo, um estudante de cinema que andava vestido como um híbrido de cientista e jogador de beisebol e que, de vez em quando, ali ao nosso lado bebia uma Coca-Cola e nos falava da importância de Nollywood, orgulho nacional, maior ainda do que Bollywood e tantas outras formas de sucesso, enquanto Ulrike olhava feio para mim, me proibindo de fazer qualquer comentário sobre o filme em que um garoto virava galinha e depois virava garoto de novo, para no final transformar-se numa máquina de fazer dinheiro, literalmente. Eu não fazia nenhum comentário enquanto o estudante de cinema nigeriano nos explicava os mecanismos de produção e distribuição dos filmes nigerianos, enquanto Ulrike sorria e tentava não demonstrar a decepção que era aquele lado meu, tão intolerante, tão incapaz de aceitar o que não conhece, o diferente, como é possível?, ela perguntava, e eu não respondia.

E então Ulrike mudava de assunto e voltava ao dia na faculdade, um dia cheio de detalhes e filmes e professores e xícaras de chá e mais tarde de pratos e tequilas e clientes de restaurante, e, finalmente, perguntas sobre o que eu tinha feito, e você, o que você fez hoje?, perguntava Ulrike com premeditada displicência, como se se tratasse de uma pergunta sem importância, algo casual. Nessas horas, eu até pensava em inventar qualquer coisa, imediatamente, dizer que havia mandado o meu currículo para uma empresa de seguros, que havia me apresentado para uma vaga de auxiliar de escritório, que havia me inscrito num programa de formação de vendedores de enciclopédias, qualquer coisa que a deixasse mais segura, mais animada, mas acabava não inventando nada, talvez por preguiça, talvez por pura falta de imaginação, eu respondia que nada, que fiquei lendo um livro qualquer, um livro sobre o Xingu que peguei aí na tua estante, depois conversando com a Sandra sobre extraterrestres e a minha Lua em Aquário. E o que ela te disse sobre a tua Lua?, ah, o de sempre, que é tudo por causa da minha Lua em Aquário.

8.

— Outro dia vi um filme e me lembrei de você.
— É mesmo, e que filme foi esse?
— Não lembro o nome, mas era um filme sobre uma congregação de lacanianos.
— Lacanianos?
— É...
Por um instante, pareceu-me que o olho esquerdo de Otávio piscava a intervalos curtos, acompanhado de um leve repuxar da sobrancelha. Como se tivesse acabado de desenvolver, de um momento para outro, um insuspeitado tique nervoso.
— Mas, Laura, você sabe muito bem que eu não sou lacaniano.
E, ao dizer isso, o rosto inteiro pareceu contrair-se numa espécie de careta, e era, de repente, um rosto completamente novo, que por um lado não deixava de pertencer

a Otávio mas, por outro, mostrava-se irreconhecível, assustador quase. Talvez eu não devesse ter mencionado os lacanianos.

— Tudo bem, você não é lacaniano, mas mesmo assim me lembrei de você.

— E por quê?

O semblante de Otávio parecia ter voltado ao normal, fiquei na dúvida se havia enxergado direito, de qualquer forma me decidi por uma resposta mais clara, mais direta:

— Um crime, os lacanianos matam alguém, acho que uma velhinha.

Otávio fez um esforço para conter o riso, então aquela careta era na realidade um riso, pensei, provavelmente um riso nervoso, pensei com entusiasmo.

— E você acha que eu poderia, assim como os lacanianos do filme, matar alguém?

— Bom, na hora eu não pensei nisso, mas agora, você falando, sugerindo desse jeito tão verídico, pode ser, acho que sim, por que não?, você poderia muito bem matar alguém.

— Por exemplo?

— Uma velhinha.

Otávio continuava se esforçando para não rir. Então decidi passar ao assunto que realmente me interessava:

— Sabe?, isso agora me lembra que outro dia eu li no jornal que no México houve uma série de crimes, durante um ano, mais de vinte velhinhas foram assassinadas. Mas só daquelas velhinhas bem caquéticas, bem pés-na-cova mesmo. E ninguém entendia por que um sujeito ia ficar gastando os assassinatos dele com gente que ia mor-

rer dali a pouco mesmo. Então, há poucos dias, parece que descobriram o assassino, e sabe quem era?
— Não, quem era?
— Pois veja só, o assassino de velhinhas era nada mais, nada menos do que outra velhinha, tão caquética e tão péna-cova quanto as vítimas, dá pra entender? Como você explicaria isso?

Otávio anota alguma coisa no seu caderninho. Depois olha para mim e diz, como se completasse um pensamento anterior:
— É difícil tirar conclusões sem conhecer a pessoa.
— Claro, antes você precisaria conhecer os traumas de infância da velhinha, os pais da velhinha, o papagaio de estimação da velhinha, quem sabe ela não tinha sido maltratada pela avó e agora se dedicava a uma tardia porém efetiva vingança? Ou então, vai ver que ela não aceitou muito bem o lance de envelhecer, nem todo mundo aceita, aí ela começou a ver a própria velhice no corpo dos outros, ou das outras, para ser mais específica, projeção, sabe?, e, num surto psicótico, resolveu tomar uma decisão, parar o tempo, quem sabe.
— E você, Laura, você também gostaria de parar o tempo?
— Ah, Otávio, você sabe muito bem que eu gostaria, mas não acredito que teria sangue-frio suficiente para executar velhinhas por aí, eu provavelmente preferiria aderir a estratégias mais, como eu diria... mais sutis.

Otávio faz cara de mistério, um sorriso de triunfo como se houvesse descoberto alguma coisa que eu desconheço. Eu finjo que não percebo.

— Mas agora, falando sério, é claro que eu adoraria parar o tempo, quem não gostaria? Ah, Otávio, o tempo está passando, e eu tenho a sensação de que tudo o que fiz até agora fiz pela metade, entende? A faculdade, por exemplo, até agora eu não consegui terminar uma única faculdade, começo cheia de entusiasmo, mas logo perco o interesse.

— E por que você acha que isso acontece?

— Não sei... — faço uma pausa, como se refletisse. — Acho que é porque no fundo não é o que eu quero de verdade, de verdade mesmo, sabe?, o que eu procuro é algo especial, isso, algo especial.

— Mas, Laura, o que significa para você esse algo especial?

— Como, o que significa? O mesmo que para todo mundo, quer dizer, não ser como todo mundo. Fazer algo especial, feito uma artista, uma atriz, por exemplo, eu sempre quis ser atriz, já me disseram que tenho talento, sabia? Mas então eu fico pensando que em pouco tempo vou envelhecer, vou ficar horrorosa e velha, e com o fim da juventude virá também o fim das possibilidades de viver isso. Com o fim da juventude, só te resta rezar para ter dinheiro suficiente para pagar uma lipo, uma plástica, essas coisas, e se sentir um pouco menos pior. Ou então acabar que nem essa velhinha de quem te falei, e sair por aí, vingativa, pelo mundo.

Otávio faz menção de argumentar, eu não deixo.

— Eu sei o que você vai dizer, você vai dizer que envelhecer é maravilhoso, eu já sei, não precisa repetir.

— Não, Laura, você não sabe o que eu quero dizer.

— Tudo bem, eu não sei, mas também não quero ouvir, não quero mais falar nisso, tá?

— Se você prefere...

Às vezes, Otávio resignava-se facilmente, eu resolvo me concentrar no que de fato importa:

— Mas, já que estamos falando em crimes, tem uma coisa que eu quero te confessar.

— Confessar?

Ele me olha como se eu houvesse dito algo inesperado, essencial. Otávio, além de se resignar facilmente, se surpreendia com coisas sem importância.

— É, confessar, antigamente as pessoas não iam se confessar com o padre, então, eu me confesso com você, aí você me passa umas ave-marias e uns padre-nossos, e fica tudo bem.

— A terapia e a confissão têm, sim, seus paralelos, é verdade. Mas, ao contrário de um padre, eu não me atribuo nenhum poder para te julgar ou te perdoar, neste nosso caso é você a responsável pela sua redenção, Laura.

Era isso que mais me incomodava em Otávio, isso de ele sempre ter uma resposta na ponta da língua, sempre havia um esclarecimento, uma explicação razoável, um sorriso condescendente. A raiva era um sentimento esmiuçável. Ficamos ali, sem falar, até que ele disse:

— Você queria me dizer alguma coisa, não queria?

— Queria, sim, só que até já esqueci o que era — eu disse com o único intuito de irritá-lo, ele nem piscou, continuou sorrindo.

Em vista da sua inabalável estabilidade, resolvi confessar logo de uma vez.

— Sabe aquele cara do cinema?

Por alguns segundos, Otávio pareceu levemente desnorteado, estaria tentando achar na memória, sem a ajuda do caderninho, de que cara e de que cinema eu estava falando. Infelizmente o processo de busca durou pouco.

— Claro, aquele que estava sentado ao seu lado e que você depois seguiu até a livraria.

— Esse mesmo.

Fiz uma pequena pausa, apenas para dar mais força ao que viria em seguida, o momento da revelação. Endireitei o corpo no sofá, ajeitei o cabelo, conferi o esmalte das unhas.

— Pois é, estamos namorando.

Otávio me olhou, incrédulo.

— Você está namorando essa pessoa que você conheceu no cinema?

— É, por quê?, você acha tão impossível assim?

— Não, de jeito nenhum, é bastante possível, só que a notícia me apanhou de surpresa, você não havia dito nada.

— É que da última vez eu preferi não contar tudo, deixar o mais importante para o capítulo seguinte, um truque antigo, sabe?

— Sei.

Otávio não parecia lá muito impressionado com a minha técnica. Eu fingi que não percebi, prossegui em tom animado, como se estivesse conversando com a minha melhor amiga, nós duas, felizes, trocando segredos durante o jantar.

— Sabe aquele dia no cinema?, pois é, eu fui embora com o meu Portinari, chateada por ter comprado o livro, afinal, o que eu iria fazer com ele?, eu nem sabia direito quem tinha sido Portinari. Quer dizer, eu pensei em ir embora, quando, não sei por quê, talvez uma última esperança, decidi beber alguma coisa no café ao lado, dar uma olhada no livro, afinal, não fora pouco o que eu havia pago por ele. Então pedi um café e fiquei ali, fingindo que lia sobre a vida e a obra de Portinari, vida, aliás, até interessante, sabia que ele morreu intoxicado pelas tintas que utilizava?

— Não, não sabia — Otávio confessou sem graça, eu sorri, satisfeita, não havia nada melhor do que esses pequenos momentos, quando Otávio era obrigado a descer do seu pedestal de grande sábio e confessar que era apenas mais um reles mortal e que também não sabia nada sobre Portinari.

Eu não quis perder a chance de ser inoportuna.

— Pois é, morreu intoxicado pelo próprio material que utilizava para pintar, é mais ou menos como se você morresse estrangulado pelas mãos dos seus próprios pacientes, terrível, não? Parece até vingança, não acha?

— E por que um paciente me estrangularia?

— Ah, sei lá, Otávio, foi só uma comparação.

Otávio ia dizer qualquer coisa, provavelmente que a minha comparação era inexata, que o paciente, diferentemente das tintas, era um fim e não um meio, algo do estilo, não importa, eu não queria ouvir mesmo, continuei falando.

— Bom, então eu estava lá, lendo, quando ele apareceu, o cara do cinema, perguntou se podia sentar à mesa comigo, eu olhei em volta, o local estava praticamente vazio e ele pedindo para sentar comigo, eu obviamente disse que sim, tentando disfarçar o entusiasmo, como se ele fosse apenas mais um dos incontáveis pretendentes que pediam para sentar comigo à mesa. A sua voz era grave e um pouco rouca, uma voz que combinava perfeitamente com o que eu esperava dele. Ele viu o meu livro em cima da mesa e fez algum comentário sobre o pintor, sinceramente, nem lembro direito o que ele disse, lembro apenas que sorri, concordando, dizendo que sim, claro, com aquela voz eu concordaria com qualquer coisa que ele dissesse. Depois disse que tinha me visto na livraria, e para mim foi um alívio, afinal, eu já estava convencida de que ele nem sequer tinha se dado conta da minha existência. Às vezes a gente se surpreende, não é?

Otávio fez que sim com a cabeça, eu continuei:

— Então ele pediu um café, e ficamos conversando o resto da tarde. O estranho é que eu não lembro sobre o quê, lembro apenas desse início que acabei de te contar, o que a gente falou depois virou uma massa indefinida na minha memória. Imagino que por causa do nervosismo, é, eu estava mesmo nervosa, provavelmente falamos amenidades, se estuda, trabalha, se gosta de cinema, se vai sempre ali, se bebe café com ou sem açúcar, e, principalmente, se temos amigos em comum, é, porque tem isso, a gente sempre tenta achar amigos em comum, estranho, não?

— É normal, uma forma de assegurar-se da índole da pessoa.

— Da índole, é, a índole é muito importante. — Eu comecei a rir, às vezes Otávio usava umas palavras tão fora de contexto, como se, no meio de uma conversa entre donas-de-casa, uma delas falasse em "hieróglifos" ou "taxidermia". — Pois é, eu queria então me assegurar da tal índole da pessoa, mas acabou que não me assegurei de nada, já que nem lembro o que ele disse, mas em compensação ele pediu o número do meu telefone, disso eu tenho certeza, pra gente marcar um cinema, em vez de ficar se fiando do acaso. Eu até pensei em também pedir o telefone dele, mas acabei não pedindo, talvez porque eu goste de me fiar do acaso, acaso, índole, essas coisas.

Otávio não se deixava intimidar pelas minhas pequenas ironias.

— E ele ligou?

— Ligou, no mesmo dia, marcamos de ir ao cinema no dia seguinte. Foi uma surpresa, confesso que tive medo que ele não ligasse, tantas vezes é assim, mas não, naquela noite mesmo ele ligou, nem esperou o dia seguinte, nem fez média, nada, sabe, esses truques que todo mundo usa para não parecer desesperado?, eu mesma tantas vezes já fiz isso, morrendo de vontade de ligar, de me pendurar no pescoço do outro, mas não, a gente fica dando uma de civilizado, de tenho mais o que fazer, ah, eu tenho tanto que fazer, uma vida tão cheia de compromissos e glamour que mal encontro um espaço para você na minha agenda, como era mesmo o seu nome, meu bem? Já ele não, nem se importou, ligou naquela mesma noite, que tinha adorado me conhecer, que queria me ver de qualquer jeito. Romântico, não?

Otávio sorriu, talvez fosse um sorriso de sarcasmo.

— Mas não vá pensar que ele era um desesperado só porque me ligou naquela mesma noite, muito pelo contrário, um homem lindo, interessantíssimo, posso te garantir que o que não deve faltar é mulher atrás dele, de todos os tipos e credos, apaixonadas, capazes de qualquer coisa, das maiores humilhações, por ele. Porque você sabe muito bem como são as mulheres, se humilham por qualquer coisa, é só aparecer uma oportunidade.

— E você, Laura, você não faz parte desse grupo?

— Ah, mas comigo é diferente, eu não sou como as outras, você sabe, isso de ser especial, eu posso morrer de vontade, posso morrer, mas não vou atrás, ele que se vire, se quiser me ver tanto assim.

— É isso que te faz diferente das outras mulheres?

— Não é suficiente? A falta total e completa de desejos masoquistas, eu não me interesso por humilhações.

— Mas, Laura, o que é humilhação para você?

— Ah, humilhação é quase tudo, quer coisa mais humilhante do que amar e não ser correspondido? Esse papo de que amar é o mais importante é história pra boi dormir, objetivo de quem quer ser Buda, Cristo, madre Teresa de Calcutá, amar, grande porcaria, ah, Otávio, amar é uma merda, bom mesmo é ser amado, isso é na realidade o que importa, se você ama ou não é um detalhe, aliás, o melhor é não amar.

Como não podia deixar de ser, é óbvio, Otávio anotou qualquer coisa no caderninho, muito interessante, ele devia estar pensando, muito interessante.

— Então você prefere não amar ninguém a amar e correr esse risco, essa humilhação, como você disse.

— Isso é você quem está dizendo, eu não disse nada

nesse sentido, eu disse apenas que não ser amado é uma humilhação.

— E você tem medo de não ser amada?

Pronto, ponto para ele, era justamente ali que ele queria chegar, eu não podia deixar de perceber a expressão vitoriosa, uma espécie de alegria contida, como a de um cientista que acabou de fazer uma grande descoberta porém é obrigado a manter segredo.

— Não, Otávio, eu não tenho medo, simplesmente porque isso nunca me aconteceu.

— Você está querendo me dizer que sempre foi correspondida.

— Isso mesmo. Talvez isso pareça impossível para você, mas, se eu dissesse o contrário, estaria mentindo.

— Laura, todos nós passamos pela experiência de nos sentir rejeitados em algum momento da vida, mesmo que a rejeição tenha sido apenas subjetiva.

— Nem subjetiva, nem objetiva.

— Então, de onde você acha que vem o seu medo da humilhação, ou, melhor dizendo, essa idéia de que não ser correspondido é uma humilhação?

— Ah, Otávio, a idéia vem da minha capacidade de imaginar, ou você ainda acha que tudo o que a gente imagina tem que corresponder a alguma vivência pessoal?

— Não necessariamente a uma vivência pessoal, mas a um sentimento importante, um afeto, senão a sua mente teria escolhido imaginar outro tipo de coisa, somos a cada instante postos diante de escolhas, e cada escolha que fazemos tem seu significado.

— Sabe o que mais me incomoda em você, Otávio?

Nem deixei que ele pensasse no assunto, no que tanto me incomodava, fui logo dizendo:

— A sua mania de querer usar essas teorias só para me convencer de que, seja lá o que for que eu diga, eu sempre serei suspeita, e, seja lá o que for que você diga, você sempre terá razão.

9.

Quando conheci Ulrike, eu acabara de deixar o emprego na fábrica de embalagens, acordava às cinco da manhã para embalar pílulas, aspirinas, vitaminas C, no ônibus às cinco da manhã, os remanescentes da noite e os precursores do dia, ao mesmo tempo tão diferentes e tão parecidos em sua irrealidade, em seu torpor. Os olhos inchados, o cansaço e a sensação de que em algum momento algo deveria ter acontecido mas se perdera no meio do caminho. Nos seis meses anteriores ao meu primeiro encontro com Ulrike, eu havia carregado malas no aeroporto, cuidado do jardim de um cemitério, distribuído panfletos no ponto de ônibus, vendido legumes no mercado, e servido mojitos e caipirinhas num bar da moda, nada que durasse mais que algumas semanas. A lista era longa e diversificada, não porque fosse essa a minha intenção, essa superabundância de experiências cosmopolitas, mas porque as coisas iam acontecendo sem que eu tivesse controle sobre elas, já havia algum tempo que tudo ia acontecendo por vontade própria, numa espécie de geração espontânea, qualquer descuido e, sem explicações, surgiam árvores, moscas, camundongos, do nada, eu explicava a Ulrike, que não entendia por que eu me encontrava naquela situação, logo eu, um homem tão inteligente, tão culto, que poderia fazer qualquer coisa, qualquer coisa mesmo, ela insistia, qualquer coisa, como, por exemplo, a tese de doutorado, com o financiamento de alguma instituição filantrópica, dissertando sobre assuntos interessantes e teorias repletas de *pós-* e *-ismos* e de idéias revolucionárias, para um dia então me tornar um importante pesquisador, um catedrático da universidade, uma citação indispensável em publicações especializadas, com influência para organizar congressos e ser profundamente admirado pelo pensamento obscuro e pela incapacidade de concisão. Eu, que, com todo o meu talento, poderia qualquer coisa, pensava Ulrike, se não passasse os dias sem fazer nada, dormindo até tarde, andando a esmo pela cidade, jogando conversa fora, era o que pensava Ulrike, mesmo quando não entendia, mesmo quando eu mudava de assunto, ela que faria qualquer coisa para me ajudar, eu faria qualquer coisa para te ajudar, qualquer coisa, como, por exemplo, arranjar para mim um trabalho de acompanhante de cachorro, que eu acabei aceitando, mais por inércia do que por alguma espécie de culpa, e nós então passamos a nos acompanhar mutuamente, eu e o cachorro, um labrador chamado Enzo, e eu, que até então não sabia o que era um labrador nem nunca tinha passeado com um cachorro, achei estranho no começo mas logo me acostumei, e até gostava da sua companhia, apesar do dinheiro ser pouco, mas era só por um período, eu estava procurando algo melhor, estou procurando algo melhor, eu costumava dizer a Ulrike, enquanto fazia rabiscos no jornal, estou procurando algo melhor, é que não é fácil, não é fácil, e os rabiscos eram formas longas e onduladas que terminavam em estranhas voltas e caracóis. E Ulrike sempre compreendia que realmente não era fácil, isso de ser estrangeiro, Ulrike, as discriminações, o sotaque, a cor da pele, o diâmetro do crânio, o formato das mãos, e ela, que estudava antropologia e lia livros intermináveis sobre termos difusos e excêntricos como "diásporas" e "hibridações", não tinha outra opção a não ser compreender, e ela compreendia, compreendia que o imigrante ocupava uma posição subalterna na sociedade pós-industrial, que a herança póscolonial levava a identidade a se subdividir em alteridades estigmatizadas, e outras frases de maior ou menor impacto, ela sabia que eu estava me esforçando, é só uma fase, ela mesma dizia, pousando a mão no meu braço, eu confirmava, claro, é só uma fase, e rapidamente mudávamos de assunto.

A fase já durava quase um ano, e eu continuava saindo toda tarde com Enzo para passear. Gostávamos da beira do rio, mas quase sempre acabávamos sentados num café (Enzo e eu), o Caffè dell'Arte, assim mesmo em italiano, idioma em que obrigatoriamente deveriam estar os nomes de todas as pizzarias, sorveterias e cafés daquela região, uma questão de verossimilhança, o Caffè dell'Arte, que de artístico não tinha nada, nem mesmo os vários quadros expostos nas paredes, rabiscos coloridos e garranchos representando casebres e mulheres africanas, o dono, que era árabe ou turco ou algo parecido, os escolhera por tratar-se de obras de um artista famoso em seu país, porém pobre, e ali bem menos famoso e apenas um pouco menos pobre, amigo de longa data a quem pretendia ajudar com alguma divulgação, e eu que não tinha amigos de longa data nem sabia desenhar mulheres africanas, sentado num canto, lia qualquer coisa sobre o derretimento da Groenlândia, sobre a reprodução dos tamanduás ou sobre a nova mensagem do dalai-lama, às vezes conversava com algum conhecido ou desconhecido que aparecia em busca de companhia, de uma xícara de café e de alguém que emitisse opiniões intelectuais e cientificamente comprovadas sobre arte, sobre o derretimento da Groenlândia ou algo semelhante, como, por exemplo, o debate impulsionado por Deleuze no cinema latino-americano atual, existe ou não esse debate deleuziano?, perguntava o meu amigo Thomas, sério, compenetrado, no seu blazer preto, no seu suéter de gola alta, como se eu fosse algum especialista naquela área, como se eu fosse especialista em alguma coisa. Quanto a Deleuze, uns afirmam que sim, outros juram de pés juntos que não, eu respondo às vezes que sim outras vezes que não, alternadamente, dependendo do humor, não do meu, mas de quem pergunta. Thomas, um apaixonado por Heiddeger, passava os fins de semana no Literaturchiv de Marbach, onde havia cinco anos estudava as anotações que o filósofo tinha deixado sobre os seus seminários. Duas horas para ir, duas para voltar, no som do carro, na ida e na volta, a voz do próprio Heidegger declamando o seu *Ser e tempo*, gravação que Thomas, depois de todos aqueles anos de idas e vindas, podia se gabar de saber inteira de cor. Ele parecia de bom humor, continuava perguntando, Javier, você que conhece o assunto, me diz, você definiria o sincretismo religioso-cultural enquanto característica endógena de resistência pós-colonial?, você acredita numa abordagem hermenêutica das ciências sociais?, como você explica a inexistência de uma pós-modernidade latino-americana?, e, quando a conversa chegava nesse ponto, eu logo mudava de assunto e apresentava o meu acompanhante, este é o meu amigo Enzo, muito prazer, imagina, o prazer é todo meu, mas Enzo só balançava as orelhas, virava-se de lado e nos ignorava, ou então concentrava a atenção na tigela de água fresca que a garçonete lhe oferecia.

A garçonete era uma pós-adolescente extremamente magra e alta, o cabelo esticado num rabo-de-cavalo, a camisa branca não muito limpa e um avental preto com dois bolsos laterais onde guardava uma caneta e um bloquinho que nunca usava, seria bonita não fosse a implicância comigo, só me dirigia a palavra por causa de Enzo, era membro ativo da Associação Protetora dos Animais e me recriminava quase todo dia, cachorro não é pra ficar em ambiente fechado, ainda mais num café cheio de fumaça de cigarro como este, ele precisa de ar puro, de exercício, não de filosofia ou de literatura, e fingia ignorar meu pedido, era compreensível, afinal, como poderia gostar de alguém que não levava o cachorro para passear, que não punha as revistas de volta no lugar e que nunca consumia nada além de uma xícara de café, venha, Enzo, venha comigo que eu vou te dar um biscoitinho, e me olhava indignada, como se a culpa fosse minha.

Na verdade Linda me pagava só uma hora, Linda, a dona de Enzo e mulher de Henri, dono do restaurante mexicano, Linda, que não tinha nada de linda, cabelos amarelados, unhas longuíssimas, a boca que parecia estranhamente inchada, mas eu gostava da sua companhia, do cachorro, e voltávamos horas depois, já no finalzinho da tarde. Onde vocês estiveram esse tempo todo? Tomando umas cervejas, eu dizia, a mulher se punha a rir, achava-me simpático, espirituoso, um amor, ele é um amor, esse rapaz, não é?, gosta tanto do Enzo, como se fosse o seu próprio filho, não é? É, eu respondia distraído, da porta era possível ver grande parte da sala, móveis modernos, saídos diretamente de um catálogo, com exceção de um sofá de pele de onça que parecia saído diretamente de um safári. Nas paredes, uma mistura dos mais diversos estilos, pop art, reproduções impressionistas, um quadro renascentista e a Frida Kahlo, por algum motivo incompreensível havia um certo tipo de mulher que achava linda a tal da Frida Kahlo, Ulrike também, linda, mas, Ulrike, uma mulher de bigode?, eu tentava argumentar da forma mais racional possível, e daí?, ela respondia, ofendida, como se o bigode fosse dela, linda, sim, você não viu o filme?, além do mais tinha personalidade, é o que importa, a personalidade, e insistia em colar na parede do quarto um enorme pôster da Frida Kahlo de bigode e rodeada de macacos. Ulrike achava lindo. Pelo jeito, Linda também achava lindo, isso da personalidade, você sabe, entra, não quer beber alguma coisa?, eu aceitava, eu raramente recusava um convite, mesmo que a idéia não me agradasse, talvez por inércia eu acabava ficando, sem perceber já estava lá, sentado à mesa, ela me servindo uma xícara de chá e biscoitos amanteigados, dessas caixas onde cada biscoito vem folheado a ouro e embrulhado para presente. A presença de Linda me incomodava, talvez as garras cor-de-rosa, talvez aquela boca exagerada que dava ao seu rosto um ar de fim de festa, mas mesmo assim passava longo tempo ali com ela, bebendo chá, comendo biscoitos ingleses e falando de cachorros e gatos. Ela, assim como a garçonete, amava os animais, dizia, fazia até parte de uma associação dos amigos do labrador, encontravam-se a cada quinze dias, almoçavam juntos e trocavam figurinhas e conhecimentos gerais. Temperamento, preferências musicais e culinárias. Uma vez por ano, organizavam a grande festa do labrador, um encontro internacional para o qual vinha gente da França, da Itália e até dos Estados Unidos e do Japão, você precisa ver, você vai adorar, Linda me ameaçava, eu respondia que sim, que era só me chamar.

 Quando não falávamos de animais, o assunto era quase sempre o sol ou, mais freqüentemente, a falta de sol, ah, as pessoas aqui são tão frias, reclamava ela, que passava as manhãs deitada dentro de um caixão de metal que atendia pelo nome de solário, contra a depressão, explicava, e, entre as teorias cientificamente comprovadas, estava o curioso fato de que as pessoas do norte eram sempre frias, quanto mais ao norte, mais frias, uma constatação bastante comum, os espanhóis do sul achavam frios os espanhóis do norte que achavam frios os franceses do sul que achavam frios os franceses do norte que achavam frios os alemães do sul que achavam frios os alemães do norte que achavam frios os suecos do sul que achavam frios os suecos do norte que achavam que frios eram as focas e os ursos-polares. Linda, conforme proclamava, tinha um coração enorme, ela dizia, tenho um coração enorme, você sabe, é, eu sei, e não podia viver sem sol, sem nunca me explicar direito as enigmáticas correspondências entre o sol e o tamanho do coração, é o meu alimento, a minha fonte de energia, eu não nasci para morar neste país, nesta cidade acinzentada, eu preciso de cores, da água do mar, do suor escorrendo pelo corpo, sabe o suor escorrendo pelo corpo?, claro, sei, claro, lógico que você sabe, Linda olhava-me, sugerindo entre nós a comunhão de uma experiência única e indescritível que era o suor escorrendo pelo corpo, na Venezuela faz calor, não faz?, pensava um pouco e perguntava, insegura, é Venezuela, não é?, eu confirmava, mais por preguiça do que por qualquer outra coisa, é, sim, ah, na Venezuela faz um calor danado, respondia, então você sabe muito melhor que eu, justamente por isso, me diga, sinceramente, sua mão pousando casualmente no meu braço, Javier, como você agüenta o inverno daqui, para você deve ser uma tortura, não?, você, que não está acostumado, na Venezuela, pois é, terrível, eu confirmava, isso sem falar nas pessoas, as pessoas são tão frias aqui, não acha?, por isso eu sempre digo ao Henri que, quando ele se aposentar, nós vamos morar no sul da Espanha, juntamente com todos os aposentados da Europa,

Henri e Linda iriam morar no sul da Espanha, que se transformara numa mistura ensolarada de asilo com spa, substituindo com sucesso as tradicionais estações de águas e passeios nos Alpes e democratizando o que antes era privilégio de nobres, russos endinheirados e escritores tuberculosos.

10.

Eu costumava freqüentar sempre os mesmos lugares, e, por maior que fosse a cidade, o itinerário acabava se reduzindo a um ou dois cinemas, um ou dois cafés no fim da tarde, é que eu sempre fora uma pessoa previsível e passava todo dia pelas mesmas ruas, pela mesma banca de jornal, sempre em silêncio, sem cumprimentar nem me despedir de ninguém, sem desfrutar das vantagens de ser agradável, simpático, o mundo dos agradáveis e simpáticos que cumprimentavam esfuziantes o verdureiro, a mocinha da padaria, a mulher da banca de jornal, todos os dias, bom dia, como vai?, como vai a família?, e fulano, está bem? Ah, fulano está ótimo, e o senhor, como vai?, como vão a esposa e as crianças?, ah, as crianças estão ótimas, só Gigi ou Lili ou Vivi é que está um pouco cansada, foi passar uns dias em Maiorca ou em Ibiza ou no sul da Espanha, eu poderia dizer tanta coisa, deixar uma boa impressão, ser educado, mas acabava indo embora sem dizer nada, tudo culpa das metrópoles, do declínio da cultura ocidental, do anonimato dos grandes centros urbanos, da solidão do homem público, que apesar de todo o seu anonimato e solidão insistia em cultivar amigos e chope depois do trabalho. Depois do trabalho os bares e restaurantes ficavam lotados de amigos e homens públicos bebendo chope, conversando sobre os assuntos mais variados, como problemas com o chefe, problemas com a mulher e problemas para conseguir uma vaga no estacionamento, em qualquer lugar do mundo ternos mais ou menos azuis e camisas mais ou menos engomadas, secretárias e penteados mais ou menos impecáveis, depois do trabalho tudo era novamente bom ao lado dos amigos e de um copo de cerveja, e eu, que não freqüentava bares ou restaurantes depois do trabalho, não sabia como eram esses encontros, você não sabe como são esses encontros, você apenas imagina e reproduz descrições preconceituosas, era o que me dizia Horst, único e irreproduzível amigo de Ulrike, que sabia do que estava falando e usava ternos azuis e camisas brancas engomadas. Horst havia se tornado corretor de imóveis por mera casualidade, ele fazia questão de frisar, por mera casualidade aconteciam as coisas mais inesperadas, como casar, ter filhos ou financiar a compra de uma casa própria, já o caso de Horst era diferente, como eram todos os casos, o melhor amigo herdara a imobiliária do pai e pensara nele para funcionário, um cara extrovertido, jovial, ele aceitara, e graças a sua extroversão e jovialidade as coisas foram dando certo e ele fora ficando, não por casualidade, mas porque não estamos em épocas de recusar emprego, não é, Javier? É, pois é, com certeza, eu respondia, não estamos em épocas, eu concordava. Horst não gostava do seu nome, é péssimo, ele dizia, e eu ficava pensando quão péssimo era o nome Horst, Horst, Horst, aparentemente péssimo, antiquado, não como Matthias ou Jens ou Paul, explicava Horst, que se chamar Horst era como se chamar Siegfried, Dankwart ou Wolfram, e eu dizia que claro, que ele tinha razão, embora aquilo não fizesse nenhum sentido para mim, que poderia me chamar Gernot ou Giselher com o mesmo sorriso ignorante no rosto. E eu poderia até pensar que Horst não gostava do seu nome por tratar-se de um homófono de *horse*, "cavalo", sem nunca entender que o problema não era o cavalo, que na verdade nunca fora homófono, que o problema era outro, Javier, você não entende, o problema é outro, mas o problema estava entre esses assuntos que eu nunca poderia entender, pensava Horst, mesmo não sendo capaz de expressar com palavras aquela inquietação, o sentimento de que não adiantava me explicar, que eu não poderia nunca entender, olha, Javier, deixa isso pra lá, vamos falar de outra coisa, por exemplo, deste país que está cada vez pior, não sei onde vamos parar, eu concordava, é, está cada vez pior, e eu também não sabia onde íamos parar, e tratava-se aparentemente de duas premissas invioláveis, que todo país, independente da sua situação, estava cada vez pior e que nunca ninguém sabia onde íamos parar. Mas nada disso interessava realmente, deixa pra lá, no fundo nada disso interessa, a decadência sociopolítico-econômico-cultural de qualquer país, o escritório, as cervejas de depois do escritório, e nem mesmo o fato de carregar um nome péssimo (para os ingênuos como eu, apenas um homófono de "cavalo"), porque tudo o que Horst fazia era apenas preencher o tempo, isso, preencher o tempo até o momento da vida, como ele dizia, da vida de verdade. E a vida de verdade era a música, a música, Javier, e a música tomara corpo na forma de uma banda que ele montara com colegas de trabalho depois do expediente. Cantavam exclusivamente em espanhol, aliás, Horst cantava em espanhol, Horst, cujo nome artístico era Miguel Eduardo, ou algo parecido, numa misteriosa homenagem a um ou a vários músicos cubanos ou colombianos ou equatorianos, que ele divinizava e ninguém mais conhecia. Então Miguel Eduardo e seus companheiros tinham um não muito variado repertório de salsas, merengues e algum pop mexicano. O público gostava. Eram convidados para tocar em bares, festas de casamento e batizados. Horst aprendera espanhol assim, cantando salsas e merengues, e depois em algumas visitas a Cuba, país pelo qual se apaixonara desde a adolescência, primeiro pelo Che Guevara, depois pela música e por último pelas cubanas, mulheres de verdade, ele dizia, os olhos iluminados de entusiasmo, de verdade, não como as nossas (as deles), pálidas, escondidas em suéteres de gola alta e enormes casacos de lã, mulheres de verdade, você sabe, assim como as suas (as minhas), lá no Equador, na Venezuela, onde já nascem todas misses, Javier, todas misses, rostos perfeitos, corpos esculturais e o andar, ah, Javier, não há nada como o andar das cubanas, que caminham como se dançassem, e te olham, ah, Javier, quando uma cubana te olha, faz uma pausa, quando uma cubana te olha, é como se ela te virasse pelo avesso, é como se arrancasse a tua alma, a engolisse, a destroçasse, você já viu o olhar de uma cubana? E eu que não tivera a alma arrancada nem destroçada pelo olhar de uma cubana, respondia que não duvidava, que devia ser assim mesmo, tentando me lembrar das poucas cubanas que vira em filmes de gângsteres e em comerciais de Bacardi.

Horst era uma pessoa alegre, como ele mesmo se autodefinia, eu sou uma pessoa alegre, gosto de música, de festa, de aproveitar a vida, sabe?, é, sei, gosto de sol e de praia, enquanto falava alto e gesticulava, como se dissesse, cara, eu gosto de falar alto e de gesticular. Horst, além de alegre, era uma pessoa cheia de idéias, cara, tive uma idéia, e tinha a mania de incluir a palavra "cara" em cada frase, "cara", que na verdade não era exatamente "cara" mas alguma palavra igualmente insistente e pegajosa, cara, eu tive uma idéia, e, sem me dar tempo para perguntar qual era a idéia, cara, Javier, você bem que poderia fazer parte da banda, quem, eu?, eu perguntava, surpreso com o convite, e tentava argumentar, mas se eu não sou músico nem nada, nem cantar eu sei? E daí?, não tem problema algum, o que importa é o teu visual, a tua presença, seria bom para nós, daria mais representatividade, credibilidade mesmo. Mas o que é que eu vou fazer lá?, perguntei por perguntar. Nada, a gente te dá umas maracas, e você fica lá com a gente, maraca é fácil, é que nem chocalho, não precisa ser nenhum virtuose! Eu tinha vontade de rir, ah, cara, você é muito engraçado. Tá rindo do quê, Javier?, é uma oportunidade, não fica aí reclamando que não arranja nada, que o cachorro te enche a paciência, que o mundo tá contra você, então, cara, tô colocando a oportunidade na tua frente. Você se apresenta com a banda, aproveita pra dançar um pouco, isso não vai ser difícil pra você, não, claro que isso não seria difícil para mim que tenho o ritmo no sangue, a ginga correndo pelas veias, e eu pensava que ele tinha razão, que não seria difícil, aliás, nada é difícil para quem deseja com vontade, do mais fundo da alma, para quem concentra suas forças na realização de um sonho impossível, não, nada é impossível para quem está em harmonia com o cosmos e o universo, Horst continuava, pronto, cara, a gente tira uma boa grana e vamos te dar uma boa porcentagem, como se você fosse músico de verdade, mais ainda, como se você fosse o Compay Segundo, que tal? Eu que não sabia quem era o Compay Segundo, e apesar do cosmos e do universo me mantinha firme na tentativa de salvar o pouco de orgulho que me restava, ah, cara, não vai dar, olha, por que vocês não chamam a Camilla? Certamente Camilla era a sugestão menos apropriada, mas me agradava imaginar uma mulher como aquela em situações constrangedoras, ela é mulher, não é feia, tem com certeza a música no sangue, o ritmo, vai fazer muito mais sucesso do que eu, vocês colocam um vestidinho nela, uns penduricalhos, umas frutas na cabeça, a Camilla?, Horst me olhava como se eu tivesse dito alguma insanidade, você só pode estar brincando, com aquele jeito dela, só se eu quisesse me apresentar no cemitério.

Camilla. Eu sempre tivera certa dificuldade com Camilla, como se ela encerrasse ao mesmo tempo uma exigência e uma impossibilidade. A verdade é que Camilla era uma mulher estranha, o que a tornava ainda mais inadequada, essa definição, "estranha", uma palavra que não define nada, que pode significar qualquer coisa igualmente vaga e inexata, como "interessante" ou "simpática" ou "agradável", um desses adjetivos-curinga que a gente usa quando não sabe o que dizer. Depois pensava, talvez justamente por isso mesmo, como se alguma coisa me escapasse, essa falta de atenção, essa falta de criatividade. Camilla era uma mulher estranha. Tinha terminado a faculdade havia alguns anos, mas continuava no mesmo emprego da época de estudante, vendendo cosméticos numa loja do aeroporto, o rímel para esticar os cílios, o batom para aumentar a boca, a loção para um bronzeado imediato, Camilla ensinava velhas e gordas senhoras a ficar mais atraentes, prometia-lhes mudanças profundas, beleza eterna, um marido rico e apaixonado, uma casa de praia nas Bahamas, uma aposentadoria no sul da Espanha. Camilla mentia com suavidade e, ao chegar em casa, sentia-se culpada, surpresa de tão facilmente conseguir ser assim, tão facilmente, outra pessoa. Chegava em casa e quase não falava, esgueirava-se, imperceptível, a qualquer instante, como se temesse ser desmascarada. Fechada em seu quarto no final do corredor, como se esperasse que lá, em algum momento, alguma coisa aconteceria. Camilla parecia estar constantemente esperando alguma coisa, um aceno, uma carta, um sinal, alguém que chamasse o seu nome, Camilla. Muitas vezes nem jantar jantava, aparecia rapidamente na cozinha, pronunciava um cumprimento inaudível, esquentava qualquer coisa no microondas e voltava para o quarto. Uma mulher pequena e magra, os cabelos esvoaçantes, os longos cabelos, pareciam elétricos, cheios de vida, em contraste com as olheiras fundas, que lhe davam um aspecto triste, cansado. Eu a observava, atento, nas poucas ocasiões em que conversávamos, fixava-me em especial no rosto, tentando decidir se a achava feia ou bonita, mas era um rosto que mudava a cada instante, às vezes, quando ela entrava no quarto de Ulrike perguntando qualquer coisa, sempre cheia de cerimônias ao me ver por lá, parecia lindíssima, de uma beleza que beirava a arrogância, e dois minutos depois, enquanto eu respondia também qualquer coisa, também cheio de cerimônias, já não era mais tão bonita assim, era apenas uma mulher pequena, mirrada, com cabelos despenteados, era então quase feia. Às vezes parecia jovem, quase impúbere, outras uma mulher vivida, precocemente desgastada. Talvez fosse um daqueles casos ambíguos de mulher feia em corpo de mulher bonita, ou gorda em corpo de magra, ou velha em corpo de jovem, talvez Camilla fosse tudo isso, e em momentos específicos, por exemplo, no crepúsculo e na alvorada, fosse possível presenciar essas transformações, em geral misteriosas, imperceptíveis. Eu me empenhava em observá-la sempre que a ocasião permitia. Camilla às vezes parecia um bicho. Sempre que a via, tinha vontade de perguntar o que todos se perguntavam, Camilla, o que você está fazendo aqui, nesta vida, nesta cidade?, mas eu nunca perguntava, ao contrário, a evitava até, nos evitávamos mutuamente, educados, sim, mas com um certo susto quando nos esbarrávamos sem querer a caminho da cozinha, do banheiro, e Camilla fazia de conta que não me via.

11.

— Como é o nome do seu amigo?
— Amigo, que amigo?
Obviamente Otávio se referia ao cara do cinema.
— É, o rapaz que você conheceu outro dia no cinema.
— Rapaz? Ah, o cara do cinema?
— É, Laura, esse mesmo. Já percebeu que até agora você não disse o nome dele? Você sempre diz "o cara do cinema".
— É mesmo, tem razão, sabe que eu nem tinha percebido?
Fiquei muda por alguns instantes, mordisquei a pele que acompanha a unha do dedo mínimo, puxei a barra da saia, que deixava as pernas à mostra quando eu sentava, disse então, a voz insegura, como se eu não tivesse muita certeza, ou como se relutasse, ou como se estivesse prestes a revelar um segredo:

— Javier...
— Javier?
— É, o nome dele, do cara do cinema.

Otávio fez uma pequena pausa, parecia estar meditando sobre alguma coisa importante, depois perguntou:

— Ele é estrangeiro?
— Estrangeiro?

Eu estava decidida a dificultar as coisas aquele dia. Otávio, porém, não se deixava intimidar.

— Por causa do nome, Javier.

Eu fiz cara de surpresa.

— É, tem razão, sabe que eu nem tinha pensado nisso? Mas, agora que você falou, é, ele tem um leve sotaque, sim, ele poderia ser espanhol, mexicano, argentino, difícil dizer.

— Já conversamos algumas vezes sobre o seu desejo de morar no exterior, você não acha que poderia haver alguma relação?

— Olha, Otávio, isso é você que está dizendo, eu não vejo relação nenhuma entre o sotaque do Javier e o meu desejo de morar fora do país. Você não acha que está forçando um pouco a barra?

— Outro dia, você disse que sonhou que atravessava o Atacama.

— Eu sonhei?

— Foi o que você me disse.

— Engraçado, não me lembro de ter sonhado isso.

Otávio me observou por alguns instantes, totalmente incrédulo, óbvio, como alguém poderia ter esquecido um sonho desses, tão representativo, essencial quase?, mas a verdade é que eu não lembrava mesmo.

— Tem certeza que não se lembra?

— Absoluta.

— Hum, certo. — Otávio anotou qualquer coisa no caderninho.

As anotações de Otávio haviam se tornado bem menos freqüentes, talvez por eu ter me tornado previsível, relacionamentos são assim mesmo, no início o outro é um mistério, um enigma indecifrável, porém em poucos meses a gente passa facilmente de enigma indecifrável a pessoa de comportamento previsível, em poucos meses qualquer um se torna calculável, classificável, e, a partir de então, uma ou outra anotaçãozinha basta, apenas para confirmar o que já estava claro.

Mas, como o que eu menos queria era essa previsibilidade, era necessária a surpresa, o assombro. No caso de Otávio, uma espécie de tratamento de choque.

— Outro dia te disse que estávamos namorando, mas na verdade é muito mais do que isso, estamos pensando em morar juntos.

— Você e Javier? — Otávio fez cara de assombro, eu sorri, satisfeita.

Mesmo assim não pude evitar um comentário maleducado:

— Eu e Javier, claro, com você é que não ia ser.

Otávio não respondeu, ficou me olhando, chateado, provavelmente muito chateado, imaginei. Tive medo de ter dito alguma coisa errada, assim, irreparável. Dessas que a gente diz sem pensar e depois fica o resto da vida pensando por que não pensou duas vezes antes de abrir a boca. Talvez ele me mandasse embora, não quisesse me receber nunca mais, Laura, o nosso relacionamento, quer dizer, tratamento, está encerrado, aqui o telefone de um colega meu, que certamente terá o maior prazer em te atender, ah, de novo aquela sensação, talvez ele me odiasse, dessa vez para sempre, Laura, saia da minha vida, quer dizer, da minha sala, Laura, não quero te ver nunca mais, nunca mais, Laura, nunca mais. Era necessário fazer algo antes que fosse tarde. Antes que ele pudesse dizer qualquer coisa.

— Sabe?, isso me dá um certo medo.

O medo, essa era sempre a solução. Para fazer as pazes com Otávio, era só falar dos meus medos, reais ou imaginários, que ficava tudo bem. Segundo a tese defendida por ele, os medos, tanto faz se reais ou imaginários, eram a base de todos os outros sentimentos, por trás da agressividade, o medo, por trás do amor, o medo, por trás de um assassinato, o medo. Então, para deixá-lo feliz, era necessário confessar, confessar sempre o medo, muito medo, e tudo estaria perdoado.

— Você saberia precisar que medo é esse?

— Não, é tão difícil dizer, é um medo abstrato.

— Medo da mudança?

— É, pode ser. Talvez medo do que virá depois.

— E o que você acha que virá depois?

— Depois? Bom, não sei, mas talvez filhos, rotina, amante. Depois ele arranjará uma amante, assim como o Júlio, e eu entrarei para um curso de Feng Shui.

— O casamento não precisa acabar sempre assim, há outros exemplos além do Júlio.

— É mesmo? Me diga um, um único casal que casou e viveu feliz para sempre, não vale a Cinderela, nem a Branca de Neve.

— Feliz para sempre no sentido dos contos de fada, naturalmente não, mas feliz, de uma felicidade real, é claro que há.

— E o que é uma felicidade real, e como você a diferencia da irreal?

— A felicidade irreal é a ilusão de que o outro vai corresponder sempre aos seus desejos, às suas expectativas, uma felicidade que acaba rápido, já que não se baseia numa troca verdadeira. A felicidade real é a felicidade que você constrói no dia-a-dia, com a convivência, apesar das diferenças, apesar das dificuldades, é uma felicidade comprometida.

— Uma felicidade comprometida, uma felicidade comprometida com quê? Com o tédio? Com a infelicidade?

— É, talvez.

— Hum, eu prefiro arriscar, arriscar tudo, inclusive arriscar ser muito, mas muito infeliz, a me contentar com essa felicidade morna, essa felicidade comprometida, não, Otávio, não quero mais saber desse papo de superar diferenças. — Faço uma pequena pausa, como se procurasse as melhores palavras, continuo: — Sabe?, estou de saco cheio de tudo isso, agora eu quero viver algo que seja de verdade, algo que seja grande, inesquecível, não mais essa vida mais ou menos.

Otávio anotou no caderninho: quer viver algo de verdade, não quer vida mais ou menos. Eu me sentia aliviada, finalmente havíamos feito as pazes, ao menos ele já não parecia chateado.

— Otávio?

— Sim.

— Posso te perguntar uma coisa?

— Pode, claro que pode.

— Otávio, você é feliz?

Otávio permaneceu calado por alguns instantes, provavelmente para pensar se era mesmo feliz.

— Sou, eu diria que sou uma pessoa feliz, sim.

Eu comecei a rir.

— Tudo bem, Otávio, você é feliz...

Otávio ficou sério, pareceu-me aborrecido novamente, um tom agressivo na voz, dessa vez a ponto de perder a compostura:

— Laura, por que é tão difícil para você aceitar que outra pessoa seja feliz?

Difícil entender, Otávio sempre tão paciente, agora, por uma besteira de nada se descontrolava, e ainda por cima era feliz, pois muito bem, que fosse, que explodisse de tanta felicidade. A verdade é que Otávio estava se tornando uma pessoa insuportável. A arrogância, sempre aquela arrogância, como se ele fosse melhor que o resto do mundo, olhem para mim, vejam como sou feliz, ah, eu sou um poço de felicidade! Ótimo para ele. Eu já nem sabia mais por que continuava indo àquelas sessões, é verdade que desmarcara as últimas duas, talvez fosse isso, talvez ele estivesse chateado, eu ligara para desmarcar em cima da hora, no telefone, sempre aquela voz calma e pausada, mas

agora a vingança, é claro, como vingança aquele ataque de felicidade. Resolvi mudar de tática, fingir que nem era comigo. Continuei como se não houvesse acontecido nada:
— Otávio?
— Sim.
— Você acha que o Júlio é feliz?
— O Júlio, difícil dizer, eu não o conheço.
— Mas, pelo que eu conto aqui, que impressão você tem dele, acha que ele é feliz?
— Não sei, Laura, pode ser.
Ficamos os dois quietos, mudos, talvez ele estivesse mesmo chateado, impaciente, mas talvez estivesse apenas meditando sobre se Júlio era ou não feliz. Após um longo instante, Otávio pergunta:
— E, já que você falou em Júlio, como você pretende conciliar esses dois relacionamentos?
— Como assim?
— Estou falando de questões de ordem prática. Você não disse que você e Javier estão pensando em morar juntos?
É, Júlio, mesmo que ele não chegasse a ser um protagonista, era óbvio que tinha ao menos um papel importante na minha história, sem Júlio não haveria Otávio, talvez, sem Júlio, nem Javier houvesse, resumindo, eu devia tudo a Júlio.
— Bom, por enquanto o Júlio não sabe de nada. Aliás, nem pretendo que ele saiba, para quê? O que os olhos não vêem o coração não sente, não é assim?
— Não te parece que vai ser difícil esconder dele que você está morando com outra pessoa?

— É, pode ser, mas agora não quero pensar nisso, são detalhes que depois a gente resolve. O que eu quero agora é viver a situação, sabe?, não ficar procurando problema antes da hora. Mas, voltando ao que estávamos falando, sabe?, não quero mais ser esse tipo de pessoa que deixa de viver por medo, medo das coisas não darem certo, medo do que os outros possam pensar, sinceramente, Otávio, estou pouco me lixando para o que os outros vão pensar, para o que o Júlio vai pensar e até para o que você vai pensar. Vocês que pensem o que quiserem. — Fiz uma pequena pausa. — Você não acha que esta minha nova postura é um avanço no nosso tratamento?

— Depende.

— Depende do quê?

Era claro que Otávio não achava aquilo um avanço, ao contrário, um retrocesso, ele pensava, provavelmente eu estava cada vez pior, seria obrigado a anotar no caderninho, mas a culpa era unicamente dele, afinal, não era para isso que Júlio lhe pagava uma fortuna, para que eu me tornasse uma pessoa melhor, mais centrada, mais corajosa, uma dessas pessoas que têm metas, que sabem o que querem da vida, uma pessoa segura, dinâmica, forte, decidida, enfim, uma pessoa feliz?

— Depende do que você espera do seu relacionamento com Júlio.

— Com Júlio?, mas, Otávio, eu já disse que, no momento, do Júlio eu não espero nada, apenas que fique exatamente onde está, ao menos o tempo suficiente para que Javier adquira um certo espaço na minha vida. Ou você acha injusto?

— Eu nunca disse que achava injusto.

— É, porque seria uma enorme injustiça se você achasse injusto, injusto é o que Júlio faz comigo, ele não tem a mulher dele? E então, por que eu não tenho direito a ter alguém também? Ou eu teria que ficar que nem freira o resto da vida, é isso que você acha que eu devia fazer, me preservar para quando Júlio se dignasse aparecer debaixo do meu teto?

— Laura, quem está dizendo isso é você.

— Afinal, Otávio, eu ainda sou uma mulher jovem, e bonita, muitos homens acham. Sabe que não são poucos os homens que me acham bonita? Se eu tivesse querido, se eu ao menos tivesse feito um sinal, um único sinal, teria tido os homens que quisesse, teria tido, não, ainda posso ter. Ou você não acredita?

— E por que você acha que eu não acreditaria?

Eu fingi não ouvir a pergunta, continuei:

— Se eu não fiz, foi unicamente por causa do Júlio, porque eu, idiota, achava que lhe devia uma espécie de fidelidade, imagina, fidelidade, que ingênua! Mas agora tudo mudou, ah, Otávio, e nesse sentido eu devo tudo a você, foi você que me abriu os olhos, que me fez ver o que realmente importa, a felicidade!

— Tá certo, Laura.

— Mas não me entenda mal, isso não significa que pretendo me separar dele, nem me passa pela cabeça, sem Júlio não sei o que faria da vida.

— Certo.

Otávio não parecia nem um pouco convencido, resolvi, então, ser mais direta:

— Javier é apenas, digamos assim, uma experiência.
— Uma experiência?
— É, uma tentativa de viver algo novo, diferente, Javier é um homem interessante, eu te disse que o nosso encontro foi o melhor que já me aconteceu, pois é, um homem interessantíssimo, inteligente, ah, Otávio, um homem jovem mas que já viajou tanto, já viveu tanto, conheceu lugares que eu talvez nunca venha a conhecer, já te disse que ele morou anos fora? No Japão, Otávio, um homem que morou anos no Japão, que conhece a Índia, a China, um homem culto, sabe um homem culto? Sabe?, ele tem isso de que eu te falava, sobre ser especial. Não, um homem como Javier você não acha assim facilmente.
— Ser especial é muito importante para você, não é, Laura?
— Ah, Otávio, especial todo mundo quer ser, você não? Viver algo emocionante, para que em algum momento, talvez antes, talvez mais tarde, alguém se dedique a escrever a sua biografia, entrevistas, pesquisas, uma vida emocionante só para isso, por que não? Você não gostaria que alguém escrevesse a sua biografia?

Otávio não disse nada, eu voltei ao assunto anterior:
— Quanto a Javier, eu sei que você está pensando que essa nossa decisão de morar juntos seja talvez precipitada, que eu acabei de conhecer esse cara no cinema, nem sei quem é, de onde veio. Não é isso?
— Não, a minha preocupação maior é que a sua solução se transforme num problema. Acho que você deveria pensar melhor antes de tomar uma decisão tão importante.
— Você acha que se trata de uma decisão importante?

— Acho.

— Eu não, é uma decisãozinha como outra qualquer, como acordar e tomar banho, escovar os dentes...

— Tem certeza? Eu acho que você está querendo, através desse novo relacionamento, dar outro rumo à sua vida, não?

— Outro rumo? Ah, não sei, Otávio, isso é você quem está dizendo. Eu diria que estou apenas querendo um pouco de ação. Só isso. Não vale a pena você quebrar a cabeça tentando encontrar explicações filosóficas para o que é um simples morar juntos. E quem sabe a partir daí as coisas não melhoram?, talvez eu até decida acabar a faculdade, ou talvez me decida a começar algo totalmente novo, o curso de interpretação, por exemplo. Eu já te disse algumas vezes, já te falei dessa minha vontade de ser atriz, já me disseram que eu tenho jeito, que posso chegar a ser uma ótima atriz, você não acha?

— Claro, se é isso que você quer, me parece uma ótima idéia.

Claro que Otávio achava que era uma boa idéia, qualquer coisa que eu dissesse ele acharia uma boa idéia, eu poderia dizer também, Otávio, acho que vou me alistar no exército da salvação, na legião estrangeira, o que você acha?, e ele responderia, com a mesma imperturbável tranqüilidade, claro, Laura, me parece uma ótima idéia.

— Pois é, o problema é esse, eu não sei ao certo se é isso que eu quero, quer dizer, pode até ser que eu queira agora, mas, amanhã, é possível que eu não queira mais, que eu queira outra coisa, como, por exemplo, fazer artesanato, ou ser trapezista de circo.

Otávio olhou para o relógio sobre a mesinha que mantinha ao lado da poltrona, ainda faltavam cinco minutos, eu olhei para o relógio na parede, era o momento em que ele tentava guiar a conversa para um desfecho, ou pelo menos para um pequeno encerramento, eu raramente permitia, continuei falando.

— Como você explica isso, Otávio, isso da gente mudar de opinião tão facilmente?

12.

Camilla e Ulrike eram as melhores amigas e dividiam, além do apartamento no último andar, o gosto por fotos antigas e atrizes do cinema mudo. O quarto de Ulrike era cheio delas, de atrizes, cobertas de kajal e de colares de pérolas, encabeçadas pela desconhecida-algum-dia-célebre Pola Negri e seguidas por outras um pouco mais ou um pouco menos desconhecidas, herança da bisavó, que, antes de casar, sonhara com uma carreira nos mais famosos cabarés de Berlim, antes de casar com o senhor de bigodes e dar início ao que seria a avó de Ulrike, a mãe de Ulrike e, finalmente, a própria Ulrike, que, ao herdar as fotos, decidiria pendurá-las nas paredes, acompanhando a Frida Kahlo, que não era atriz do cinema mudo mas que era linda e tinha personalidade. Ulrike gostava das coisas mais estranhas, porém mais estranha ainda era Camilla, que gostava das mesmas estranhezas que Ulrike, que gostava de Pola Negri e de Frida Kahlo, estranhezas que não eram as suas, que deveriam ser algo como Carmen Miranda e escolas de samba e novelas de televisão. Um dia Ulrike comentou, Camilla está indo embora, sabia? Ah, é, indo embora pra onde, pra Amazônia?, respondi, enquanto continuava desenhando qualquer coisa na lista de supermercado, molho de tomate orgânico, café orgânico, papel higiênico orgânico, não, respondia Ulrike, irritada, você sabe muito bem que não é pra Amazônia, Javier, você sabe muito bem, é, tem razão, eu respondia, eu sabia muito bem, e desenhava uma formiga ao lado do tomate orgânico, olha, Javier, assim não dá pra conversar com você, você parece que faz de propósito, de propósito o quê, Ulrike? Tudo, ouviu?, tudo, tudo o que você faz é de propósito! Ulrike às vezes ficava assim, agressiva, talvez estivesse chateada, talvez apenas triste, sua grande amiga que ia embora, esperava que eu perguntasse, como?, para onde?, quando?, por quê?, mas eu nunca perguntava, não por desinteresse, apenas por não saber o que perguntar. Eu sei que você não gosta dela, mas não precisa falar desse jeito, mas, Ulrike, eu não disse nada, eu tentava me redimir, e, aliás, de onde você tirou que eu não gosto dela? Ulrike parecia magoada, como se eu a tivesse magoado mais uma vez, com alguma palavra que dissera, alguma palavra que deixara de dizer, você não gosta da Camilla, jamais gostou, desde o começo, algo que eu não vou entender nunca, desde o começo, como se ela tivesse te feito alguma coisa, mas, Ulrike, eu não disse nada contra ninguém, muito menos contra a Camilla, ah, Javier, é tão difícil viver com você, é como se você fizesse questão de nunca ouvir realmente o que eu estou falando, como se fizesse questão de ser assim, o azul dos olhos de Ulrike ia adquirindo certa tonalidade aguada, em poucos instantes Ulrike começaria a chorar, e então não haveria mais nada a fazer além de confessar, o mais cedo possível, que sou culpado, que não há desculpa, e, cheio de ímpeto, me arrepender profundamente e beijar-lhe a fronte, as faces.

Levantei-me da cadeira e fui até a janela, lá fora o céu também estava azul, parecia um azul artificial, desses retocados por computador, às vezes o dia ficava assim, parecendo saído do photoshop. Ao longe, as nuvens avermelhadas e a silhueta imprecisa de árvores e casas. Ulrike não desistia, Javier, por que você é assim?, disse, esperando uma resposta, uma explicação, qualquer explicação, qualquer coisa como, sou assim porque sofri um trauma quando criança, ou sou assim porque sofro de uma degeneração genética, ou sou assim porque os meus sentimentos, minhas expectativas, meus medos, ou que pelo menos me virasse, a encarasse por alguns instantes e então, surpreso, perguntasse, assim como?, para que ela pudesse completar, os olhos perdidos em algum ponto acima do meu rosto, assim, Javier, assim tão, tão, e ficaria pensando alguns segundos no adjetivo mais apropriado. Mas eu não digo nada, não pergunto assim como, nem invento nada sobre medos ou traumas. Lá fora, as nuvens cada vez mais distantes.

Depois, Ulrike se acalmava, as nossas brigas não levam a nada, ela concluía me abraçando, e, como nossas brigas não levavam a nada mesmo, esquecíamos o assunto e íamos abraçados tomar um café, dar uma volta no parque, abraçados, visitar um pequeno jardim povoado de patos, flamingos, pavões, cabras, bodes, ovelhas, as crianças podiam comprar comida especial e dar a eles em horários preestabelecidos, destinados à alimentação de patos, galinhas e cabras por crianças e por Ulrike, que também costumava comprar aqueles pacotinhos com algo indefinido desenhado na embalagem. Nessas horas eu me sentava num banco em frente ao parque e a observava, os seus movimentos, resolutos e ao mesmo tempo suaves, a desenvoltura na prática das atividades cotidianas. Nessas horas, Ulrike era apenas uma jovem loura alimentando bodes e cabras e ovelhas num parquinho perto de casa, e eu gostava dela assim, era quando eu mais gostava dela e poderia observá-la indefinidamente, e gostar dela indefinidamente. O que mais me atraía era aquele entusiasmo, que não era aquele pretenso entusiasmo quase infantil de algumas mulheres, nem artificial ou exagerado como eram quase todos os entusiasmos. Não, o entusiasmo de Ulrike era algo discreto, sem gritinhos nem palavras exclamativas, era um entusiasmo cheio de reticências e segredos. Um entusiasmo que só se revelava a quem com tempo e paciência ficasse sentado naquele banco em frente ao parque por horas e horas, absorto, examinando cada olhar, cada gesto, cada intenção não realizada, e nesses momentos eu pensava que era tão simples continuar assim, como estávamos.

Poderíamos continuar eternamente assim como estávamos. Só que às cinco da tarde acabava o horário de alimentação dos animais e um velho segurança aparecia para nos avisar e Ulrike jogava a embalagem no lixo reciclável e voltávamos para casa, de mãos dadas, e a mão de Ulrike era uma mistura pegajosa de restos de ração e saliva de cabras e bodes e ovelhas e outros bichos que podiam ser alimentados entre uma e cinco horas da tarde.

13.

Eu raramente estava em casa, é que nunca sabia ao certo o que fazer naquele quarto, o quarto de Ulrike, repleto de quadros e pôsteres e fotos e cartões-postais e almofadas coloridas e lembranças que ela nunca jogava fora, Ulrike, por convicção, jamais jogava nada fora, por mais insignificante ou inconveniente que fosse, e aquele quarto era um amontoado de objetos sem utilidade, alinhavando seqüências de um passado frágil e inconstante. Esta é a foto da minha melhor amiga da quarta série, ali, esta sou eu aos dois anos na casa da minha avó, esta é a carta que a minha mãe escreveu para mim quando o meu primeiro hamster morreu, e nesta caixa o meu primeiro hamster (a foto), e nesta outra caixa todos os cartões-postais que eu recebi entre os dez e os vinte anos. Tudo classificado, etiquetado e organizado em caixas coloridas, estas por sua vez etiquetadas e organizadas em estantes de madeira;

azul-celeste: cartas recebidas entre os cinco e os dez anos de idade; azul-cobalto: cartas recebidas entre os dez e os quinze anos; azul-marinho: cartas dos vinte até hoje; amarelo-canário: postais recebidos entre os cinco e os dez anos de idade, e assim por diante, fotos, bilhetes, flores secas, cadarços de sapato, o primeiro beijo, o segundo aperto de mão, o terceiro piscar de olho esquerdo etc., e eu que evitava aquele museu cromático de pequenas intimidades, e dele fugia, como se claustrofóbico, me instalava na cozinha, em meio a um entra-e-sai de moradores e amigos e agregados. Javier, você não vai ao chinês com a gente? Javier, você não vai ao cinema com a gente?, ao festival de malabarismo?, ao show de ska?, ao teatro de marionetes?, não, vou ficar por aqui mesmo, e a Ulrike? Tá trabalhando, ah, tá, então até mais tarde, tá, até mais tarde, e então às vezes acontecia o que quase nunca acontecia, que era ficar sozinho naquele apartamento, num apartamento onde, com exceção das terças-feiras à tarde, nunca se ficava sozinho. Mas esses eram momentos únicos, que duravam apenas alguns minutos, e logo aparecia alguém na cozinha, alguém como, por exemplo, Camilla, provavelmente para esquentar uma porção de legumes congelados, e nós que nunca sabíamos o que dizer um ao outro, nos perdíamos num silêncio espesso e arrastado, ela preparando qualquer coisa indecifrável, eu comendo qualquer coisa indecifrável, como uma fatia de pizza fria ou um resto de frango do almoço, e bebendo uma garrafa de vinho em oferta no supermercado. Nós que nunca sabíamos o que falar e acabávamos trocando palavras em alemão e tínhamos que nos controlar para não sair correndo, incapazes de suportar o constante incômodo que era a presença do outro. Ulrike, se presente a esses encontros, intrigada, perguntaria, por que você fala com Camilla em alemão? E eu ficaria sem saber o que dizer e diria que falo porque ela responde ou que falo por puro instinto, por falta de algo em outra língua para dizer. Camilla é educada e responde com um meneio de cabeça às minhas perguntas em alemão, quer vinho? E eu ofereço vinho pela mesma desrazão por que aceito convites para tomar chá com biscoitos, pela mesma desrazão por que volto toda noite para o quarto de Ulrike, pela mesma desrazão por que vou toda tarde com Enzo ao Caffè dell'Arte, ou seja, simplesmente porque é necessário agir, fazer alguma coisa, por menos poética e transcendental que seja, quer vinho?, em alemão, não, obrigada, e eu já sabia a resposta, não, obrigada, sempre educadamente, que não à toa Camilla parecia incapaz de qualquer coisa além de um não, obrigada, Camilla com suas costas retas, sua cabeça erguida, o seu corpo esticado como se flutuasse, só vim preparar qualquer coisa para comer, verduras congeladas, sopas instantâneas, nem vou ficar por aqui, como que nos tranqüilizando, inventando uma desculpa qualquer, e, enquanto Camilla preparava qualquer coisa não identificada para comer, eu a observava por trás do vinho. Por trás do vinho a imagem de Camilla, sempre altiva e orgulhosa, parecia retorcer-se como se nadasse, como se algas e esponjas marinhas e corais. Num mar turvo, seus gestos, sempre os mesmos gestos contidos, controlados, iam se tornando ondulações cada vez mais amplas e generosas, as mãos e os dedos finos feito longas tiras de celofane, os cabelos esvoaçantes contornando o rosto, os quadris em movimentos rítmicos como se dançasse, Camilla tão diferente agora, de uma beleza quase suave, e outra vez era como se eu nunca a tivesse visto.

E, se normalmente a presença de Camilla me incomodava, naquela noite era, no entanto, um agrado, um segredo esquecido, quase um desejo que eu sentia aproximar-se como quem faz uma visita inesperada, talvez a noite, talvez a data, talvez seus movimentos por trás do vinho, e era como se essa presença fosse outra, quase essencial, quase imprescindível, e eu, que tinha uma atração pelo quase, por tudo o que ficava faltando um espaço, não tinha como evitar que Camilla naquela noite fosse assim, como se faltasse um espaço. Continuei insistindo, quer vinho?, bebi o resto da taça de um só gole, vem, Camilla, senta aqui e bebe comigo enquanto a tua comida esquenta, para criar coragem?, não vai ser uma taça de vinho que vai atrapalhar o teu trabalho, a tua leitura, a tua noite olhando pro teto sem fazer nada, Camilla, e Camilla me olhou pela primeira vez, os olhos fixos no meu rosto, surpresa de que eu insistisse, achando-me estranho, Javier, você é um cara estranho, eu sorri, pensando na falta de criatividade de Camilla ao escolher seus adjetivos. Fui até o armário e peguei outra taça, enchi até a borda e ofereci, quase transbordando, vem, senta aqui. Camilla não disse nada, apenas aceitou e sentou ao meu lado, os dedos inquietos contornando a taça, deixando no vidro as suas marcas, a proximidade da sua respiração, você é um cara estranho, eu, estranho?, eu perguntava, surpreso de ouvir tal palavra, estranha é você, Camilla, que muda de rosto a cada instante, que muda de rumo, de idioma. Camilla fechava os olhos levemente enquanto bebia, e os cílios eram longos e negros, e caíam feito uma cortina sobre o rosto, Camilla parecia desenhada, contornos imprecisos, esboços, traços esfumaçados, o seu nome escrito em idiomas indecifráveis, e eu pensando que o seu nome soava a círculos, curvaturas, repetições, como se eu já o houvesse lido, como se de algum lugar da minha memória surgisse Camilla, perfeita, terminada.

Camilla parecia sorrir, e pela primeira vez, Camilla que nunca sorria, o seu sorriso enorme por trás do vinho parecia um convite, e eu pensando que até Camilla tem momentos assim, quando inesperadamente surge o convite e é possível conversar sobre qualquer coisa, a conversa sobre qualquer coisa que tantas vezes poderíamos ter tido, e eu não perguntei sobre Ulrike, nem sobre o trabalho nem sobre o que ela estava fazendo ali, e ela não me perguntou sobre Ulrike, nem sobre o trabalho nem sobre o que eu estava fazendo ali, e assim, cheios de oportunos silêncios, fomos repondo vinho em nossas taças e reinventando histórias que nunca havíamos contado, e as horas se passaram e Camilla esqueceu a comida esfriando na bancada e eu deixei o resto de pizza em cima do prato. Eu pensava que Camilla era um nome grego, e o seu rosto agora era o de uma estátua egípcia, Camilla, você parece uma rainha egípcia, eu até poderia ter dito, e eu talvez tenha dito algo assim, palavras que nem sequer eram minhas, Camilla, como você faz isso de colocar palavras na minha boca? E era como se ela fosse sussurrando no meu ouvido e eu apenas repetindo, imaginando que já as tinha ouvido, em algum disco, em algum filme, e naquela noite, sem querer, disse a Camilla coisas que não me lembro em idiomas que não me pertenciam, Camilla, diálogos, poemas, restos de boleros, Camilla, e o seu rosto parecia uma máscara, e o seu sorriso tinha algo de abandono, e as suas mãos desapareciam entre as minhas.

14.

— Outro dia vi na televisão um documentário que me deixou tão impressionada, um documentário sobre pessoas que haviam sido devoradas por animais selvagens na África.

Otávio me olhou com interesse.

— Horrível, nem consegui dormir direito, fiquei pensando numa das histórias que eles mostraram, de dois adolescentes, dois amigos. Depois de terminar o colégio, resolveram passar as férias de verão na África. Primeiro o documentário mostrou como era a vida deles na Inglaterra, numa cidadezinha que não lembro mais o nome. Adolescentes normais, sabe?, mostraram o quarto de cada um deles, os pôsteres nas paredes, os computadores, os livros que eles estavam lendo, ou que tinham acabado de ler, ou que não iam ler nunca mais. E depois passou para a história, a história mesmo, na África, foram acampar sei lá onde, num lugar desses bem perdidos, sozinhos, sem guia nem nada, na aventura mesmo, sabe? E estavam lá, felizes, tomando sol, ouvindo música ou ouvindo o barulho que a água do lago fazia, quando, de repente, um jacaré abocanhou a perna de um deles. O outro ainda tentou salvar o amigo, mas, quanto mais ele puxava, mais o jacaré mordia, até que o bicho, muito mais forte, conseguiu arrastar o garoto para a água e comeu ele. Dá pra acreditar?, o garoto saiu da Inglaterra, do quarto dele, da vida dele de adolescente inglês, para se aventurar pela África, num desses países perdidos na África, e acabar sendo comido por um jacaré. Terrível, não acha?

— É terrível mesmo...

Otávio parece distraído, olha para alguma coisa na parede atrás de mim, bate com a ponta da caneta no braço da poltrona, cruza as pernas e, como se só então percebesse a minha presença, diz:

— Mas por que isso te impressionou tanto assim?

Eu fiz cara de surpresa.

— Que é isso, Otávio, o garoto foi comido por um jacaré, e você acha estranho que eu tenha ficado impressionada? Ou eu deveria fazer uma cara bem blasé e dizer, ah, grandes coisas, comido por um jacaré, grandes coisas?

— Não, Laura, não foi isso que eu quis dizer, é que me parece importante saber que sentimentos essa história te traz, que associações ela provoca.

— Ser comido por um jacaré?

— É.

Eu achei até graça, que associações isso poderia provocar?, algo sexual, provavelmente. Era óbvio que a conotação só podia ser sexual, os psicólogos adoram isso, você diz que sonhou com uma porta, e o psicólogo vê ali um desejo não realizado, quase sempre alguma espécie de perversão. A associação dele é simples, porta, madeira, madeira, pênis, na linguagem de psicólogo, porque psicólogo aprende na universidade palavras como "órgão" e "membro" e "pênis". E, se eu dissesse que sonhei com um dicionário de sinônimos, em vez de uma porta, ele obviamente encontraria um jeito de achar ali no meu dicionário o tal pênis, sinônimo, "órgão", "membro". Ah, mas eu não daria esse gostinho a Otávio, não mesmo.

— A primeira associação que me vem à cabeça é a minha professora do jardim-de-infância, dona Berta.

— Hum, interessante, e por quê?

— Não sei, talvez por causa da semelhança física entre dona Berta e o jacaré.

Eu me arrependi antes mesmo de completar a frase, mas era tarde, Otávio fez cara de triunfo, provavelmente já construía elaboradas teses sobre o meu possível medo de ser comida por dona Berta, a verdade é que eu estava metendo os pés pelas mãos. Otávio sorria, satisfeito. Eu tinha que fazer alguma coisa. Tratei imediatamente de inventar novas associações:

— Outra associação é com os dinossauros, outro dia li em algum lugar que os jacarés são antiqüíssimos, inclusive chegaram a ser contemporâneos dos dinossauros. E, pensando bem, o que é um jacaré além de um dinossauro pequeno? E o que é uma lagartixa além de um jacaré pequeno? Isso me lembra aquelas bonequinhas russas, dessas que vêm uma bonequinha dentro de outra bonequinha igual, só que maior, e essa, por sua vez, também se esconde dentro de uma bonequinha maior, e assim por diante. Então, nesse caso, a próxima associação é que dentro de um dinossauro poderia vir um jacaré e, dentro de um jacaré, uma lagartixa.

Eu tentava despistá-lo:

— Mas talvez eu me engane, e dentro do jacaré venha não uma lagartixa, mas o garoto inglês, e dentro do dinossauro, dona Berta, ah, nem sei mais, estou ficando confusa, Otávio, você está me deixando confusa com essas suas perguntas.

— Confusa?

Otávio tinha isso, essa mania insuportável de sempre responder a uma pergunta com outra pergunta, normalmente repetindo o último verbo ou adjetivo, Otávio, estou ficando confusa, e ele responde, confusa? Otávio, vou pular pela janela, e ele responde, pular? Ou então: Laura, o que é que você quer dizer com pular? Devia fazer parte dessas técnicas que os psicólogos aprendem na universidade — descobriram que o cérebro, ao reconhecer uma pergunta, automaticamente, como num reflexo, elabora uma resposta, da mesma forma que a perna se ergue ao receber uma marteladinha no joelho, simples reflexos. Hoje em dia quase todo mundo sabe disso, sobretudo psicólogos e profissionais de telemarketing.

— Confusa, não sei, a única coisa que sei é que não quero mais falar nisso. Vamos mudar de assunto?

— Se você prefere...

— É, eu prefiro.

Pensei durante alguns segundos qual seria o assunto

mais apropriado. Acabei me decidindo por Júlio, era mais do que justo tê-lo como um dos temas da nossa conversa, afinal era ele quem pagava as consultas.

— Ontem o Júlio veio me ver, ficamos conversando um pouco, depois fomos jantar fora, num japonês ótimo lá perto de casa.

Otávio fez cara de ponto de interrogação.

— Mas você e Javier não estão morando juntos?

— Estamos.

— E então?

— Então o quê? Ah, você está se referindo a um possível encontro entre os dois, não, não se preocupe, quando Júlio veio me ver, Javier não estava em casa.

— E Júlio não percebeu que havia mais alguém morando ali?

— Percebeu, sim, mas eu disse que era uma amiga. Só por alguns dias, uma amiga de infância que tinha acabado de voltar da Alemanha e estava passando um tempo lá em casa até encontrar onde morar, expliquei que ela, coitada, acabara de levar um fora do namorado, um cara que prometeu que vinha atrás dela mas até agora, nada.

Otávio fez algumas anotações, havia tempos que isso não acontecia, ele parecia intrigado.

— E Júlio acreditou?

— Claro, por que não acreditaria?

Era claro que Otávio estava achando aquela história muito estranha, eu não devia ter contado da visita de Júlio. Nessas horas, como sempre, o melhor era mudar logo de assunto, um pouco de entusiasmo, de emoção:

— Ah, Otávio, eu estou tão apaixonada! — acompanhando a frase com um suspiro.

A declaração pareceu surtir efeito, Otávio sorriu, complacente, eu continuei:

— Você não imagina o que é isso, estar apaixonada, essa leveza, essa sensação de que nada mais importa, entende? É como essas pessoas que voltam de um coma profundo e, por terem estado tão perto da morte, passam a ver a vida com uma leveza até então desconhecida. Ah, estar apaixonada é como voltar da morte e perceber que nada mais tem importância, só a vida, o amor, essas coisas, ah, Otávio, é uma felicidade tão grande! Você, que é uma pessoa feliz, deve entender, Otávio, você já se apaixonou alguma vez?

— Já, já me apaixonei, sim.

— E por quem?

Otávio ficou mudo, era óbvio que eu o pegara de surpresa, ele precisava de alguns segundos para se recuperar e achar uma resposta adequada, algo que, ao mesmo tempo que deixasse clara a inconveniência da minha pergunta, não ferisse os meus sentimentos. Otávio alisava o estofado da poltrona, tentando ganhar tempo, acabou respondendo:

— Laura, não estamos aqui para falar de mim, mas para falar de você, dos seus sentimentos.

— Ah, é, tinha até me esquecido, eu sempre esqueço que você tem que ficar incógnito. Então deixa pra lá, o importante é o que eu sinto, não é isso?

— Exatamente.

— Ah, Otávio, que maravilha se todos os homens fossem como você, Laura, meu bem, o importante é você e os seus sentimentos, eu estou aqui apenas para servir, fascinante, não?

Otávio não viu fascínio algum. Eu continuei:

— Mas, já que você faz tanta questão, vou te falar dos meus sentimentos. Ah, Otávio, os meus sentimentos são algo enorme, prestes a explodir, às vezes acho que não resta lugar para mais nada, só para ficar sentindo isso que é o querer, querer que a pessoa fique ao seu lado, sabe o que é isso? Querer com toda a força que alguém fique ao seu lado?

Otávio faz que sim com a cabeça.

— É, porque, quando você quer realmente, você é capaz de qualquer coisa, não?, eu pelo menos seria, capaz de qualquer coisa, o amor deve ser isso, ser capaz de qualquer coisa, capaz de fazer o que a gente normalmente não tem coragem de fazer. É, porque, quando você está apaixonado, você é capaz de largar vida, emprego, família, faculdade, tudo, não é?

— Acontece com freqüência.

— É, Otávio, acontece com freqüência, você é sempre assim tão lacônico?, é assim também com seus outros pacientes? E você, se você estivesse apaixonado, apaixonado de verdade, você faria qualquer coisa?

— É possível.

Otávio sempre com aquelas respostas em-cima-do-muro. Em mim, a necessidade de dizer algo que o tirasse daquela indecisão.

— E se você estivesse apaixonado por uma paciente, imagina, Otávio, se você estivesse apaixonado por uma paciente, por mim, só para dar um exemplo, se você estivesse apaixonado por mim, você seria capaz de esquecer as regras da profissão?

Não sei por que fui dizer justamente isso, no mesmo instante me veio a certeza de que acabara de cometer um deslize, um erro tático, talvez irremediável.

— É difícil dizer, Laura, nesses casos qualquer resposta que eu te desse seria apenas especulação.

Não havia dúvidas, tinha sido realmente um erro tático, só me restava arcar com as conseqüências.

— Especulação, mas por quê?, é tão difícil para você se imaginar apaixonado por mim? É algo assim tão além da sua imaginação?

— Não é isso, Laura...

— Não, é o quê, então?, é como se eu te perguntasse se você se apaixonaria por um marciano, é isso? — O meu tom de voz havia se elevado, mas era como se eu não tivesse percebido.

Otávio tentava me acalmar:

— Não, Laura...

Eu fingia não ouvi-lo, continuava com as acusações:

— Claro, como é que você poderia se imaginar numa situação tão obtusa dessas, não é?, como é que você conseguiria algo tão insólito assim? Logo você, um homem tão perfeito, tão digno, tão superior, não é?

A raiva aumentava e rapidamente se tornava incontrolável, eu poderia continuar o resto da tarde com aquelas perguntas, a verdade é que o meu maior desejo era ir embora, não voltar nunca mais, nunca mais Otávio, nunca mais. Tão rápido as coisas aconteciam, de um momento para outro, uma palavra errada, um gesto irrefletido, e estava tudo acabado, tão rápido quanto vinha, também desaparecia, o amor. Como era possível que tudo se esvaísse tão absurdamente?, tudo o que havíamos construído, tudo o que parecia constante, estático, de repente, pronto, foi-se, acabou, e em seu lugar tudo impecável, como se nunca houvesse sido, como se nunca nada. Não havia saída, a única coisa que me restava era admitir que acabou e esquecê-lo, nunca mais Otávio, nunca mais aquela sala, as nossas conversas. Mas era necessário, era necessário manter um mínimo de decência, de distância. Era necessário vingar-me de algum modo. Ah, sim, porque era necessário não esquecer a vingança.

— Otávio, acho que a gente não tem mais nada para dizer um ao outro. — Peguei minha bolsa, fiz menção de levantar-me.

Otávio parecia perturbado, pensava rápido, tentava contornar a situação:

— Laura, por favor, tente se acalmar primeiro, antes de resolver qualquer coisa.

— Eu não tenho mais nada pra te dizer, não vejo sentido em continuar vindo aqui. E, além do mais, calma é o que não me falta, aliás, nunca faltou.

Otávio parecia agora o homem mais equilibrado do mundo, falava em tom pausado, os movimentos longos e lentos, no rosto, porém, a expressão preocupada.

— Laura, você sabe muito bem que o seu tratamento não acabou, aliás, está apenas começando. Eu sei que muitas vezes é difícil, e este é um momento difícil, um momento de crise, mas eu estou aqui, ao seu lado, e gostaria que você confiasse em mim, vamos superar juntos as dificuldades.

— Juntos? Juntos como? O que significa "juntos" para você?

— Laura, eu sei que você está magoada, está se sentindo como se eu tivesse te rejeitado, não é mesmo? Mas eu vou te mostrar que não é assim. Vamos conversar sobre isso, e você vai ver que o que eu te disse nada tem de rejeição, foi, sim, uma demonstração de respeito, de cuidado com você.

Otávio fez uma pequena pausa, talvez para se assegurar de que as suas palavras teriam o efeito necessário. Continuou:

— O que aconteceu foi que a situação agora trouxe à tona antigos medos, antigas rejeições, e o que vamos fazer é descobrir que sentimentos são esses, de onde eles vêm. Vamos descobrir por que esta situação agora te magoou tanto, você ficou muito sentida, não ficou?

— Sentida, magoada? Ah, Otávio, tenha a santa paciência, você acha que eu fiquei arrasada só porque você me deu um fora?, sinceramente. Olha, você está se dando muita importância, nem sempre, quando uma paciente se chateia, é porque ela está apaixonada por você, existem outras razões no mundo para isso, sabia?

— Entendo. Então, Laura, me diga que razões são essas.

— Sei lá, qualquer coisa, dor de cabeça, pressão baixa, insônia, unha encravada, as possibilidades são tantas.

Otávio continuou falando, provavelmente dando explicações científicas sobre projeções, transferências, e outras teorias do estilo. Otávio era assim, para ele tudo tinha uma explicação, uma força escondida que motivava o agir, o pensar, por que você virou à esquerda e não à direita?, por que você prefere o vermelho ao azul?, por que você disse "casa" em vez de "janela"? Para Otávio nada era ao acaso, nada era porque sim, porque eu digo, porque eu quero, e era justamente isso que eu mais gostava nele.

15.

    Passei a manhã lendo um dos livros da estante de Ulrike, um livro qualquer, provavelmente algo que não me interessava mas que eu lia mesmo assim, para passar o tempo, para fazer de conta que estava fazendo alguma coisa, o sol da manhã que atravessava o quarto deslizando primeiro pelo armário, depois pela cômoda, pelas fotos da Pola Negri, pelo artesanato peruano, até instalar-se no meu rosto, nos meus olhos, em mim, que, deitado na cama, fingia fazer alguma coisa. Fiquei ali ainda um bom tempo, o sol no rosto levando as palavras, as frases, a se enredarem e se perderem. Depois veio a tarde, à tarde fui deixar Ulrike no restaurante. Ela achou estranho, me olhou com desconfiança, mas não perguntou nada, comentou qualquer coisa sobre o homem que viria no dia seguinte para consertar a torneira, o chuveiro, ou algo parecido, a torneira, Javier, dizia Ulrike, tentando conter a impaciência, um certo mau humor, já te disse que a torneira, você pode ficar em casa até ele chegar?, eu não ouvi, mas, assim mesmo, disse que sim, que ficava. Nos despedimos com um beijo rápido, os beijos de Ulrike que tão depressa desapareciam da minha boca, o gosto e a textura dos beijos de Ulrike, como se nunca houvessem existido, como se não se diferenciassem dos tantos outros beijos, outros dias, outras bocas. Deixei Ulrike no restaurante, depois fiquei dando voltas pela cidade, era verão, e as ruas estavam cheias de gente. No verão tudo mudava, e a cidade refreava seu ritmo e se convertia num vai-e-vem de turistas, executivos sem gravata, estudantes em férias, músicos de rua.

Entrei num supermercado, o calor transformava o ar numa massa pesada e estática entre as prateleiras do supermercado, comprei uma cerveja, paguei sem olhar para a mulher do caixa, a mesma que nunca me cumprimentava, a mesma que eu nunca cumprimentava, os cabelos num indefinido tom de rosa, lilás, que davam ao seu rosto envelhecido e cansado um desencanto adicional, a mulher e seu cabelo lilás e a caixa registradora em meio àquele turbilhão de sacolas e congelados e produtos de limpeza, a mulher e seu cabelo lilás em meio àquele supermercado. Paguei, os olhos fixos num anúncio de margarina, os olhos fixos nas ofertas da semana, os olhos fixos em qualquer lugar, paguei, peguei minha cerveja e saí pela porta de entrada, que lá havia essas coisas, como porta de entrada e porta de saída, lado a lado, e pessoas que estabeleciam regulamentos como não sair pela porta de entrada ou não entrar pela de saída. E então eu saí e atravessei a rua e, em minha direção, um grupo de pessoas que eu conhecia, que, ao me ver, decerto esperariam cumprimentos e conversas e comentários sobre a vida e sobre o tempo. Olhei para o lado, como se descobrisse alguma coisa, uma moeda de ouro, um compromisso de última hora, troquei novamente de calçada, os olhos distraídos para não cruzar com os que vinham e gesticulavam e conversavam animadamente do outro lado da rua.

Quando afinal o grupo desapareceu, eu me dirigi à beira do rio, a beira do rio naquela época do ano era um desfile de turistas e estudantes e crianças e mães aproveitando o fim de tarde, a tarde que se estendia noite adentro, os dias intermináveis. Escolhi o único banco vazio, fiquei ali sentado, bebendo cerveja morna e olhando os patos, as pessoas acenando a bordo dos barcos, *Nautilus*, que passa rápido e lotado de turistas, turistas japoneses fotografando os patos, os prédios, as árvores, um homem sentado num banco bebendo cerveja morna e pensando em decisões impossíveis e inusitadas. O mesmo homem que pouco tempo depois, depois da viagem de exatamente quatro dias, nove horas e vinte e três minutos por toda a Europa, poderia estar em Tóquio, num álbum de fotografias ou no telão montado na sala de estar de alguma família japonesa, ou de várias famílias japonesas, todos bebendo saquê e relembrando as férias inesquecíveis, mostrando a viagem aos amigos que ficaram, os amigos que não tiveram tempo para conhecer a Europa em cinco dias e fotografar coisas típicas como patos, prédios e homens sentados em bancos na beira do rio. Em poucos dias eu poderia estar em qualquer lugar, eu poderia estar em Tóquio, e até mesmo em lugares quiméricos como Paris ou Rio ou Bogotá.

E, sendo assim, de um momento para outro eu poderia também voltar, fazer meus os desejos de um futuro não tão distante, que eram os desejos de outras pessoas, os planos, as expectativas que não me pertenciam, e por que não?, por que não poderia fazer meu outros futuros?, outros planos?, o futuro comum que ia se esboçando à medida que diminuíam os intervalos, à medida que íamos mudando de rosto. Tão fácil ir embora, pareceu-me, de um momento para outro, naquela mesma tarde, entrar numa agência de viagens, comprar uma passagem, atravessar o Atlântico e em algumas horas não estar nunca mais ali, nunca mais aquela cidade, nunca mais naquele idioma. E, logo após a decolagem, as lembranças cada vez mais vagas, até que, atingindo certa altura, fosse como se nada tivesse acontecido realmente. Tão fácil ir embora. E era a primeira vez que esse pensamento, sempre presente, sempre rondando, tomava forma em todos aqueles anos. E então, também pela primeira vez, a tal suspeita, que, talvez, o mais importante ainda não houvesse chegado, que o mais importante ainda estivesse do outro lado, a cada momento por acontecer.

Naquela noite ainda dava tempo, pensei, poderia chegar em casa, fazer a mala que deixara guardada no sótão do prédio de Ulrike, escrever um bilhete para Ulrike, Ulrike, fui comprar cigarros, ou Ulrike, estou no chinês, ou Ulrike, fui procurar emprego, ou algo assim, um bilhete em cima da mesa, e pronto, guardaria as minhas coisas na mala, pegaria uma condução qualquer até o aeroporto, daí um avião, e pronto, o avião decolaria, a aeromoça me ofereceria uma bebida em inglês, eu aceitaria um copo de uísque, assistiria a algum filme sem som, e ao meu lado alguém dormindo ou lendo ou rezando. Sentado naquele banco, tudo parecia de repente tão simples, tão fácil, que me surpreendi por não ter feito isso antes, há muitos e muitos anos, se era tudo tão fácil como era agora. Mas a verdade é que tudo o que eu havia decidido fora sempre assim, de um momento para outro, como quem está sentado num banco olhando os patos e de repente resolve ir embora, assim, sem nunca ter pensado antes no assunto, simplesmente porque viu um barco cheio de japoneses passando, simplesmente porque uma noite alguém sorriu por trás do vinho, e, se esse barco não tivesse passado e se aquele sorriso não houvesse surgido, talvez tivesse continuado por décadas sentado naquele banco, porque, Ulrike, as coisas acontecem assim, sem a gente pensar muito, sem motivo nem explicações.

Deixei o banco e a beira do rio e os turistas acenando, atravessei a rua e fui andando em direção a uma agência de viagens que havia ali perto. É, porque o decidido devia ser rapidamente posto em prática, era necessário todo o cuidado, que o tempo, ah, o tempo mata qualquer vontade, diziam Ulrike, ou Camilla, ou Sandra, e eu continuava andando, como se não ouvisse. Continuei andando, olhando em volta com aquele olhar dos que se despedem, dos que olham pela última vez, e tudo aquilo foi adquirindo um indiscutível tom de bolero peruano (haveria boleros peruanos?), quando eu preferiria que fosse algo mais simples, menos desmesurado. De qualquer forma, eu me dirigia à agência de viagens, a mesma por onde eu tinha passado quase todos os dias durante aqueles últimos anos, distraído, alheio, sem jamais notar sua existência, como quem atravessa todo dia a mesma rua olhando para os mesmos prédios, as mesmas casas, sem nunca perceber, ali ao lado, um poste, um cartaz e toda uma gama de estabelecimentos e objetos e sinais luminosos invisíveis todos aqueles anos.

Quando cheguei na agência, ela estava lotada, aparentemente todos haviam tido a mesma idéia, ir embora, voltar, fugir, talvez o calor, o sol que provocava surpresas e resoluções impensadas, fiquei na porta, olhando anúncios e cartazes de *last minute*, de *all included*, e destinos tão espetaculares como Rodes ou Thessaloniki, que pareciam lugares impossíveis feito rabiscos, sombras, desenhos abstratos. Se eu quisesse, eu poderia qualquer coisa, qualquer lugar, e, num piscar de olhos, todas as dúvidas e todos os dias seriam outros. Dentro da agência, casais em lua-de-mel, estudantes em férias, grupos de aposentados, todos, como eu, pensando num futuro não tão distante e esperando que os dias fossem outros. Eu continuava na porta, aguardando um sinal, um convite para entrar, e teria bastado a suspeita de um sorriso, um aceno, a funcionária de boca e unhas vermelhas atrás do balcão, para que tudo adquirisse o ar definitivo das sentenças irrevogáveis. Teria bastado qualquer chamado, qualquer sopro, qualquer vento. Porém, no lugar do convite, uma distração, alguém que pede licença para passar, um conhecido que aparece, o telefone que toca, o telefone que toca provavelmente por engano, eu respondendo qualquer coisa, a voz desculpando-se do outro lado, e eu que de um momento para outro tinha esquecido o convite e tudo o mais, agora apenas parado em frente à porta, os olhos agora voltados para a rua, para o vai-e-vem do fim de tarde se estendendo pelas calçadas, os sapatos avançando sobre o asfalto, a pressa de chegar em casa, bolsas, chapéus, sacolas de supermercado. Os olhos que, distraídos, perdiam-se no burburinho, e o corpo que novamente se esquecia e se deixava levar.

16.

Naquela madrugada fui buscar Ulrike no restaurante, que surpresa, você por aqui, comentou Ulrike, feliz e surpresa com a minha presença, assim, tão inesperada, é, vim te buscar, deu saudades, saudades?, Ulrike fez cara de espanto, como se buscá-la no trabalho fosse algo incrível, improvável. Em vez de simplesmente aceitar a lógica interna das improbabilidades, Ulrike adorava desperdiçar o seu tempo pensando na razão de fatos incompreensíveis, como o sistema de parentesco na Polinésia, a estética das mulheres-girafa na Birmânia, ou eu aparecer para buscá-la no trabalho, Ulrike parecia ansiosa, preocupada, espera um minutinho que eu já estou indo, tá, eu espero, e saiu correndo como se eu fosse desaparecer a qualquer instante, tá, eu espero, e fiquei esperando, junto a Arturo, o barman, concentrado em secar os últimos copos, arrumar o resto das garrafas vazias, quer alguma coisa?, não, já estou de saída, Ulrike só foi pegar a bolsa lá dentro, ah, tá, e voltou à difícil tarefa de dar brilho às taças sem deixar a marca dos dedos, a marca dos dedos ofuscando o brilho das taças. Olhei em volta, eu, o último cliente, o único cliente no restaurante vazio, as luzes apagadas, as cadeiras viradas em cima das mesas, e uma tristeza que era a tristeza que sempre ficava ao apagarem as luzes, como num circo, quando o público vai embora e os palhaços vão embora e os trapezistas e domadores e mágicos vão embora e alguém apaga a luz e sai, alguém que poderia ser qualquer um, inclusive Ulrike, que volta já pronta, a bolsa indiana a tiracolo, despede-se de Arturo e diz, talvez apreensiva, vamos? Vamos, eu respondo, distraído, vamos.

Íamos em silêncio, a temperatura agora amena fazia com que a noite também parecesse branda e tranqüila, íamos de mãos dadas, um casal de namorados, um passeio noturno, árvores, estrelas, luas, e de repente estávamos tão distantes, tão longe um do outro, que aquele contato mais parecia um risco, uma intimidade inesperada, continuávamos andando, calados, minha mente vazia e os poucos pensamentos que surgiam tomando a forma de apressados flashes, sombras, silhuetas que apareciam para logo depois se desfazer deixando na retina apenas a dúvida, uma desconfiança. Ulrike, ao contrário, parecia ruminar algo importante, provavelmente o mesmo pensamento inúmeras vezes pensado e repensado, como se, ao receber um primeiro impulso, esse pensamento por si só continuasse em movimento até que alguém ou alguma coisa o interrompesse, o tirasse da sua eternidade. E faltava pouco para chegarmos em casa quando Ulrike desvencilhou a sua mão da minha, a mão escorregando timidamente como se fosse possível desvencilhar-se sem ser notada, Ulrike virou-se e perguntou, Javier, por que você veio me buscar hoje?, perguntou Ulrike, por fim. Eu sabia que essa era a interrogação que ela vinha se fazendo durante todo o trajeto, questionamentos que não levavam a nada, por que eu havia ido buscá-la aquele dia?, eu também não sabia, não disse nada, respondi qualquer coisa, sei lá, me deu vontade, fiz mal?, não, de jeito nenhum, fico feliz de você ter vindo, surpresa boa, você nunca vem, os dedos de Ulrike deslizando pelo meu rosto, os dedos de Ulrike como se me acusassem, depois em tom de desculpa, só achei que tinha acontecido alguma coisa, aconteceu alguma coisa?, não, não aconteceu nada, respondi, impaciente, mesmo?, Ulrike insistiu, eu respondi, mesmo, mesmo. E continuamos caminhando como se a noite fosse a mesma, como se não houvesse acontecido nada. Ulrike continuava pensando, e eu continuava pensando que de nada adiantava ocupar-se de fatos incompreensíveis, as mulheres na Birmânia, os sistemas de parentesco, Ulrike obviamente nunca concordava, mais uma vez, Javier, você está diferente, diferente?, impressão sua, Ulrike, virei o rosto, mudei de assunto, vem, vamos fazer outro caminho hoje, vamos dar um pequeno passeio, que tal? Os meus dedos deslizando pelo seu rosto, como se ela fosse uma criança, Ulrike, o olhar desanimado, mas, Javier, um passeio às três horas da madrugada, eu estou morrendo de cansaço, prefiro ir direto pra casa, não, agora era eu quem insistia, vamos dar uma volta, não vai demorar. Ulrike não disse nada, e em silêncio, lado a lado, íamos caminhando, em nós um temor, uma expectativa, como se esperássemos alguma coisa.

SEGUNDA PARTE

Laura fechou a porta, e, ao ficarmos apenas nós duas naquela sala, foi como se eu entrasse no apartamento pela primeira vez. O apartamento de Laura, que agora adquiria características insuspeitadas, um barulho ou a sensação de que algo escorria, escasseava, que poderia ser tanto a água passando pelos encanamentos como o ar fino e rarefeito que se arrastava e se perdia, deixando apenas uma leve trilha, uma presença esfumaçada. Fazia calor, e eu respirava com dificuldade. Fui até a janela. Lá fora, o céu mal sustentava seu peso sobre o cinza da paisagem, eram as nuvens, que, formando blocos escuros, pareciam prestes a sucumbir. Encostada no parapeito da janela, eu observava a cidade a preparar-se, lenta, a cidade imersa numa espécie de contemplação, de expectativa, enquanto a voz de Laura, quase um contraste, chegava inquieta, intermitente, sorrindo como se a minha presença fosse um motivo de intensa alegria, como se a minha presença fosse a culminância de uma espera longa e custosa, eu quero que você se sinta à vontade, que você se sinta na sua casa, Laura se aproximava, olha, você vai me prometer que não vai fazer cerimônia, eu prometi, ainda de costas, os olhos fixos nas geometrias que eram os edifícios do outro lado, e que vai me dizer sempre que precisar de alguma coisa, ela insistiu, qualquer coisa, e eu prometi novamente. Vistos dali, os edifícios eram enormes blocos de concreto contendo pequenas aberturas que pouco a pouco iam se iluminando, à medida que o dia se apagava. E hoje à noite, ela anunciou, faço questão de um jantar de boas-vindas, para você, um jantar de comemoração, o que você acha?, eu fiz que sim com a cabeça, sempre evitando encará-la, então ótimo, disse ela, então vou dar um pulo no supermercado, que ainda faltam alguns preparativos, e enquanto isso você pode se instalar com tranqüilidade, a casa, o quarto de hóspedes, você já conhece, deixei tudo preparado para você. Pela janela entrava um vento quente que me deixava o corpo cansado e mole, um vento que passava por Laura sem que ela se importasse ou perdesse o viço daquele entusiasmo, ah, eu estou tão feliz em ter você aqui comigo, vamos nos divertir, e em pouco tempo você terá esquecido aquele cara, eu tenho certeza. Laura pousou a mão sobre o meu ombro, como num abraço, e eu não pude deixar de pensar que, apesar da naturalidade com que Laura falava e se movia à minha volta, havia em seu toque um estranhamento, uma espécie de solenidade, que era o leve peso dos dedos longos e magros sobre o meu ombro, vida nova, minha querida, vida nova, ela dizia. Eu concordei novamente, ela ainda comentou alguma coisa sobre jantares e viagens e antigas amizades, depois saiu e fechou a porta, eu fiquei ali.

E ficar ali era uma agitação, uma espécie de incômodo. Eu continuava debruçada na janela, incapaz de me virar e olhar para o interior da sala, como se, ao evitar o interior daquela sala, de certa forma eu deixasse de fazer parte dela. Como se, ao ignorá-la, eu pudesse estar em qualquer lugar que não ali. Eu debruçava ainda mais o corpo sobre o parapeito, o vento agora espalhava meus cabelos sobre o rosto, mechas escuras emaranhando-se feito uma cortina de espirais, eu tentava controlá-los, mas os fios voavam, escapavam das minhas mãos. Lá embaixo, na calçada, as pessoas aceleram o passo, abrem-se os primeiros guarda-chuvas. Um menino atravessa a rua correndo, puxado pelo braço, um casal de namorados protegido debaixo de uma folha de jornal, alguns trabalhadores, pegos de surpresa, se escondem sob a marquise dos edifícios, de um bar, apenas uma senhora mantém o seu ritmo constante e lento, o peso do corpo, das sacolas de supermercado. No meu rosto, a umidade que se infiltra, que se estende em direção à sala. Fecho a janela, seco com o dorso da mão os pingos de chuva que haviam caído sobre a cortina, sobre a balaustrada. Fico ali ainda alguns instantes, o rosto quase encostando no vidro, os cabelos molhados esgueirando-se pela boca, as marcas da minha respiração no vidro limpo, depois o corpo que se vira para o interior da sala, e agora finalmente dentro dela, penso que a sala é um lugar desabitado, que a sala é um lugar aonde se chega pela primeira vez.

Pego minhas coisas e vou até o quarto. O quarto de hóspedes eu já conhecia, é verdade. Havia dormido ali algumas noites desde que voltara, quando Laura insistia e ficava tarde e eu tinha preguiça de tomar um táxi até o hotelzinho que me alojava. Mas agora era diferente, agora eu estava lá, por uma ou duas semanas, só até encontrar outro lugar para ficar, só até conseguir um emprego, uma certa estabilidade. Sentei na beira da cama e fiquei olhando o quarto, e era também como se eu o visse pela primeira vez. As paredes cor-de-rosa, sancas de gesso unindo-as ao teto, o armário enorme ocupando a maior parte do espaço, uma pequena estante cheia de enfeites e bibelôs, alguns livros de direito, outros de psicologia, outros de auto-ajuda, outros, antigos romances da época da escola, que suscitavam em mim um misto de tédio e desencanto. Ao lado da estante, na única parede livre, uma reprodução do Miró. Envoltos numa moldura dourada, gatos, escadas, janelas, rabiscos, notas musicais, um lagarto com asas e outros seres reais e imaginários desfilavam inquietos pelo interior da pintura. Eu tentava em vão conseguir uma imagem integral do quadro, uma idéia do conjunto, mas era como se as figuras se recusassem a aparecer dessa forma, cada uma escapando, exigindo uma atenção em separado. Decidi então me concentrar na janela e num triângulo que poderia ser qualquer coisa, um chapéu, a ponta de uma flecha e, inclusive, a Torre Eiffel, e, enquanto olhava para a Torre Eiffel, eu pensava em Javier, eu sempre pensava em Javier, fosse um quadro, um apartamento, ou uma paisagem, e imediatamente surgiam perguntas como se Javier gostava de Miró ou se Javier se interessava pela

Torre Eiffel. E agora, sentada na beira da cama, eu pensava no que ele diria, no que ele diria daquele quarto, das paredes cor-de-rosa e da moldura dourada circundando um quadro do Miró, o que ele diria da cama de vime e da colcha de crochê, o que ele diria da mesinha-de-cabeceira e do abajur em forma de garrafa, do tapete colorido, do pequeno som portátil, o que ele diria das cortinas, do ventilador de teto e do barulho do ar-condicionado, o que ele diria dos travesseiros sobre a cama, da maçaneta da porta e das gavetas do armário. Muitas vezes esse constante diálogo me incomodava, esse constante diálogo de um só, e então eu me perguntava se esse Javier que habitava os meus pensamentos seria realmente o mesmo Javier que por mais de um ano havia freqüentado o meu quarto nas tardes de terça, a mesma pessoa, deitado ao meu lado nas tardes de terça, quando todos saíam, e nós conversávamos sobre filmes e livros e filosofias, e fazíamos planos, tão previsíveis, tão cotidianos como qualquer casal de namorados. Eu me perguntava como era possível que em poucas semanas, assim tão rapidamente, essa mesma pessoa houvesse se transformado numa lembrança, numa simples foto na tela do computador, às vezes uma foto que eu carregava na bolsa, nós dois sentados à beira do rio, nosso último encontro, ele quase sorrindo para a câmera, ele que não sorria nunca, eu olhando para lugar nenhum, eu olhando para longe, como se estivesse sonhando. Às vezes passavam-se as horas, e eu com aquela foto nas mãos, tentando descobrir que inusitadas formas assumiriam seus pensamentos, ele que, deitado ao meu lado, traçara os mesmos planos que eu, ele que me abraçava e acariciava o meu rosto e dizia que sim, qualquer coisa, tudo, que sim. Eu olhava para aquela foto e tentava identificar alguma pista, um sinal, algo que indicasse que eu não entendera bem, que os acontecimentos não se dariam como planejados, que o que Javier dizia eram outras falas, outros dias, outras vontades. Eu olhava aquela foto e sempre me surpreendia ao perceber que com o passar do tempo Javier, cada vez mais, deixava de ser Javier e o rosto de Javier e a textura da pele do rosto de Javier e sua barba por fazer, para se tornar apenas aquela foto, aquela imagem encerrada num pedaço de papel.

Adormeci pensando em Javier e, de tanto pensar em Javier, só percebi que adormecera quando acordei, Laura sentada na beira da cama, vestida com um roupão branco, uma toalha enrolada na cabeça, acabara de sair do banho, um perfume doce, enjoativo, mistura de sabonete e xampu, que se derramava pelo quarto. Achei que era melhor te acordar, você já está dormindo há pelo menos umas três horas, dizia Laura, enquanto espalhava um creme cor-de-rosa pelas pernas, pelos braços, eu a olhei com cara de espanto, como eu poderia ter dormido tanto tempo, se mal acabara de chegar?, ela continuou, o melhor é você tomar um banho enquanto eu acabo de preparar o jantar, deixei tudo pronto, as toalhas azuis são para você, estão no armário debaixo da pia, e, se você precisar de qualquer coisa, é só dizer, e, dirigindo-se à porta, ah, e veste algo bem bonito que hoje é jantar de comemoração, hein?, não esquece, o seu jantar de boas-vindas, vai ter que caprichar. Laura saiu, fechando a porta e deixando atrás de si um rastro de perfume e de umidade. Eu fiquei ali, me sentindo exausta e pensando, o que ela queria dizer com vai ter que caprichar, caprichar no quê?, no banho?, em vestir algo bonito?, na conversa durante o jantar? Laura parecia contente, contente e agitada, Laura que era a minha amiga de infância e ao mesmo tempo praticamente uma estranha. Afinal, o que eu sabia de Laura? Apenas o que ela me contara naquelas últimas semanas, que tinha um caso com Júlio, um homem casado, que havia começado várias faculdades, que não havia terminado nenhuma, que agora pensava em ser atriz. Laura, que tinha desenvolvido a assombrosa capacidade de falar muito e não dizer nada. Às vezes, conversávamos longamente, Laura falava de Júlio, um advogado importante e bem-sucedido, eu falava de Javier, eu sempre falava de Javier, desde que voltara. Logo eu, que evitara por tanto tempo aquele nome, como se a mera pronúncia já fosse uma confissão, um significado, e agora era como se eu tentasse compensar a sobriedade constante, o silêncio que antes nos envolvia, quando Javier era apenas um amigo, nem isso, um conhecido que morava no quarto ao lado. Eu dividia com Laura a lembrança de Javier, como se o seu testemunho fosse uma garantia, uma forma de me assegurar de que Javier realmente havia existido, que existira aquele mundo que criáramos e que agora tão depressa se desmanchava, desaparecia. Às vezes eu pensava, além da foto, que outras provas poderia haver? Se na rua nem sequer nos cumprimentávamos, se a casa nas tardes de terça era uma casa vazia. E, se ninguém tinha nos visto, quem se lembraria quando todo o resto se apagasse?

Eu falava, e Laura me ouvia, daquele jeito dela de ouvir e não ouvir, como tudo o que ela fazia. Havia nas atitudes de Laura uma contradição, uma incoerência que eu não conseguia precisar mas que me incomodava. Como agora, Laura tão solícita, tão amiga, e, no entanto, havia algo de inconsistente naquele seu jeito, na sua fala, um certo exagero, algo que me tornava inerte, distante, alheia a todas aquelas demonstrações de afeto, àquela exuberante hospitalidade.

Resolvi aceitar a sugestão de Laura, um banho com certeza ajudaria a tirar do corpo aquela incerteza, aquela lentidão. Entrei no banheiro, todo em tons de azul, as paredes, a pia, o piso, fechei a porta à chave. Um gesto inútil, se éramos apenas nós, Laura e eu, continuei alguns segundos imóvel, a sensação do metal entre os meus dedos. Mas eu gostava do barulho da chave girando na fechadura, um clique necessário, tranqüilizador, e eu a girava com cuidado, lentamente, como se temesse ser surpreendida, ou como se tentasse prolongar ao máximo esse instante, que era ao mesmo tempo a lembrança de um segredo, de uma caixa azul que se fecha. Liguei o chuveiro, agora a torneira de água quente, que não fazia barulho mas que tinha também o seu instante, a sua passagem, quando o metal ainda resistia, quando, exigindo um pequeno esforço, um cuidado, se recusava a ceder, a permitir que a água escorresse pelos ladrilhos, pelos meus pés no chão do banheiro. Abri completamente a torneira e fiquei ali ainda vestida, sentada no tampo do vaso sanitário, observando o calor que se espalhava, o vapor embaçando o espelho e produzindo gotículas imperceptíveis nas paredes. As paredes suavam, eu suava, pela minha nuca, o suor transformando o peso dos cabelos num material viscoso e indomável, pelas têmporas, as gotas escorrendo espessas, compactas. Tirei a roupa com esforço, meus movimentos pareciam aprisionados pela massa de ar quente que se formara feito uma cortina, uma névoa entre as paredes do banheiro. Aos poucos, o corpo nu, fui sujeitando-o ao centro daquele jato, a água quase queimando a pele, escorrendo pelas costas avermelhadas e pelo corpo que era como se fosse o corpo de uma boneca ou de uma desconhecida. Pensei em Javier novamente, pensei que talvez Javier nunca houvesse se interessado de verdade pelo meu corpo, Javier que sempre esquecia as partes mais importantes, a dobra interna do braço, os tornozelos, os pés, a água percorria um longo caminho até eles, os pés, que iam desaparecendo à medida que a água escorria e o vapor se tornava uma espessa cortina e eu mal conseguia respirar.

Desliguei o chuveiro, me enrolei na toalha que tinha deixado em cima da pia e fiquei lá, imóvel, primeiro a mente vazia, depois novamente a imagem, a lembrança de Javier, depois a suspeita de que ficara faltando alguma coisa, e por fim a certeza de que havia esquecido de me ensaboar. Voltei a ligar o chuveiro, dessa vez um esforço, em movimentos mecânicos ensaboei o corpo e lavei os cabelos, que pareciam ter vida própria, escapando a todo instante ao controle das mãos.

Quando acabei de tomar banho, me vestir e me arrumar caprichosamente, como havia prometido a Laura, na verdade nem mais nem menos arrumada do que costumava andar, camiseta, calça jeans, o rosto sem maquiagem, os cabelos presos num rabo-de-cavalo. Fui até a cozinha, ali estava ela, espetando com um palitinho qualquer coisa dentro do forno. É a nossa sobremesa, explicou, a comida mesmo já está pronta desde hoje de manhã, nessas ocasiões especiais eu gosto de cozinhar com antecedência, você sabe, para depois não ficar a casa inteira cheirando a alho, a cebola, falando nisso, gosta de salmão? Laura nem esperou que eu respondesse, continuou falando, fiz um salmão ao molho de alcaparras como você nunca viu, o truque é não deixar a manteiga ferver e pouco a pouco ir acrescentando algumas gotas de limão, e também uma pitada de açúcar, aliás, esse é um truque que vale para quase tudo, um pouco de sal nos pratos doces e um pouco de açúcar nos salgados, sabia? Não, eu não sabia, respondi, distraída, lembrando que em todos aqueles anos eu nunca aprendera a cozinhar, nos primeiros tempos porque não tinha cozinha, depois por já ter me acostumado a comer qualquer coisa descongelada no microondas.

Laura continuou falando enquanto eu passava os olhos pelo lugar, parecia até uma cozinha de boneca, tudo tão arrumado, tão combinado que era, o pano de prato combinando com o tapete, as panelas combinando com os armários, os temperos combinando com o ímã da geladeira. Na geladeira um cartão-postal antigo que eu mesma mandara uns quatro, cinco anos antes, quando estivera na Grécia, no início não reconheci, mas depois, enquanto ela ia até a despensa buscar açúcar para o molho de alcaparras, peguei-o para ler o que estava escrito no verso, era mesmo a minha letra, inclinada, quase ilegível, as típicas frases de cartão-postal, aqui é lindo, maravilhoso, as pessoas são fantásticas, a comida é ótima, as praias, quase tão belas quanto as daí. Os gregos são os homens mais bonitos da face da Terra, dizia a frase final, uns deuses, engraçado que eu tivesse escrito isso, era como ver um fantasma, uma viagem ao passado, um postal para mim mesma, de um lugar tão improvável como a Grécia, mas eu realmente havia estado lá, e, mesmo que a minha memória me enganasse, a prova estava ali, nas minhas mãos, engraçado que Laura a guardasse. Ela voltou e, ao me ver com o cartão, comentou, lindo esse postal, eu adoro, não tiro daí por nada, ainda mais a Grécia, chique isso de ter amiga te escrevendo da Grécia. Eu grudei com cuidado o postal de volta na geladeira. Não sei por que aquilo me incomodava, isso de descobrir pistas minhas naquela casa, como se houvesse algo meu que não me pertencia.

Laura parecia ter tudo sob controle, eu que nem imaginava que ela sabia cozinhar, ela parecia adivinhar meus pensamentos, tive que me virar depois que vim morar sozinha, no começo achava horrível, hoje adoro. Mas não pense que eu cozinho assim todos os dias, normalmente não tenho paciência, faço apenas um sanduíche, uma salada, mas hoje é uma ocasião especial, imagina, não é sempre que eu tenho a honra da tua presença. Ainda mais depois de todos esses anos, você morando fora. Laura sorriu, eu fiquei sem graça, ela me pediu para abrir o vinho, prefere tinto ou branco?, tanto faz, respondi. Normalmente eu escolheria um branco, explicou Laura, peixe, normalmente branco, mas, sendo salmão, acho que cairia muito bem um tinto, o que você acha? Abri o tinto indicado por Laura, quase voltei a pensar em Javier, na ausência de Javier, mas a presença de Laura, aquela situação, não permitia que meus pensamentos tomassem forma, intermitentes, eram sempre interrompidos por algum comentário, alguma instrução, serve um pouco de vinho pra gente, pra ir abrindo o apetite, pediu Laura, eu servi sem dizer nada, enquanto Laura se ocupava do salmão, das alcaparras, da salada. Laura andava pela cozinha como se nunca tivesse feito outra coisa além de preparar jantares para amigas de infância, tudo perfeito, tudo no seu devido lugar, Laura podia ser perfeita quando queria, se não fossem as suas vontades tão voláteis, que apareciam e desapareciam com extrema rapidez, mal dando tempo para os preâmbulos. Fora assim com a faculdade de direito, depois com a de psicologia, e, agora, com a idéia de ser atriz.

Olhei para Laura pela primeira vez com atenção aquela noite, Laura usava um vestido de verão, a parte de cima bem justa, o decote quadrado, alças finas, a saia, mais solta, terminando em viés logo acima dos joelhos. Um tecido fino escorregando molemente pelo corpo, pelos quadris, tinha algo de veludo, talvez fosse algum tipo de seda, a cor, acho que roxo, violeta, uma cor incomum para Laura, que sempre andava em tons de verde e vermelho-terra. De qualquer forma, combinava com ela, os cabelos agora lisos e louros presos num coque destacavam o seu rosto, outorgando-lhe ângulos inesperados como se a roupa e o penteado pudessem transformar o interior de alguém. As sandálias, de salto alto e finíssimas tiras negras, as unhas perfeitas e esmaltadas, no pescoço um colar de prata. Laura parecia outra pessoa e ao mesmo tempo não deixava de ser Laura.

Entreguei-lhe a taça de vinho, um brinde, ela disse,

um brinde à sua volta, à nossa amizade, depois de todos esses anos. Um brinde, levantei a taça fazendo esforço para demonstrar entusiasmo, à nossa amizade. Nessa hora pensei em Júlio, será que ele não se importava que eu passasse aquelas semanas ali, afinal, a privacidade, o mais essencial da privacidade, e eu nem ao menos o conhecia, seria velho?, nunca tive coragem de perguntar, será que Laura tinha mais alguém?, um amante, ou outros amantes, será que os amantes de Laura não se importavam de eu estar lá?, e por que eu tinha todo aquele pudor de perguntar qualquer coisa, não acabáramos de brindar à nossa amizade?

Já Laura não parecia ter nenhum pudor em me fazer perguntas, enquanto acabava os últimos retoques, minha querida, me faz o favor de acender as velas?, a mesa já está posta, ia me perguntando qualquer coisa sobre Javier, se ele havia escrito, se ele, finalmente, se decidira a vir. Escreveu, respondi, sem explicitar que tinham sido apenas algumas linhas, assuntos triviais, o cachorro, o frio, o trabalho. Na última frase o único sinal de que não éramos apenas dois desconhecidos trocando informações desnecessárias, na última frase algo dizendo que ele sentia a minha falta, me mandava um beijo, nenhuma palavra sobre se pretendia cumprir o que tantas vezes prometera. Você está mesmo apaixonada por ele, não está?, comentou Laura, fazendo de leve um carinho no meu rosto. Não respondi, aquela era uma pergunta que eu mesma tantas vezes havia me feito, sem jamais ser capaz de responder, de escolher palavras que definissem aquele mal-estar que era ter alguém tão presente, mesmo estando longe, tão presente, nos meus pensamentos e em tudo o mais, escolher palavras como "amor" e "paixão", por exemplo, e eu tinha um certo receio de palavras e expressões definitivas e um certo incômodo no momento em que as pronunciava. E o que era o amor além de uma palavra que tínhamos arbitrariamente determinado e usávamos para definir sentimentos tão incompatíveis como carinho e ódio e gratidão. A mão de Laura que havia passeado pelo meu rosto agora pousava sobre o meu ombro, um desconforto inesperado, como se o meu ombro não conhecesse aquele toque, evitei encará-la, ela continuou falando. Sabe?, agora você está sofrendo, mas isso passa, sempre passa. E então chega um dia em que a gente olha para trás e vê que aquele sentimento todo passou, e vê também que valeu a pena, o amor sempre vale a pena, só que, até lá, o melhor que você faz é se distrair, pensar em outras coisas, se divertir um pouco. A diversão, o prazer, minha querida, é o melhor antídoto para males de amor, pode ter certeza. Eu fiquei olhando para Laura, sem saber muito bem o que dizer, o que entenderia Laura do amor?, mas talvez não fosse mesmo para entender.

Ajudei Laura a servir os pratos, põe um pouco desta pimenta verde sobre o molho, e não esquece, o salmão do lado esquerdo do prato, o salmão do lado esquerdo e, decorando a salada, um fio de balsâmico. Eu seguia à risca as instruções de Laura, a minha indisfarçável falta de prática, por sorte a mesa já posta, os pratos combinando com os guardanapos, a toalha de mesa com as cortinas, no centro um arranjo de flores, laços, velas, que ela depois acendeu com um isqueiro prateado. Apagou a luz. Eu olhei em volta, na penumbra os objetos adquiriam um aspecto ameno, suave, e era como se os seus contornos se desfizessem, misturando-se ao ambiente e ao ritmo cuidadoso dos nossos movimentos. Laura foi até a cômoda, onde estava o aparelho de som, pôs um bolero, a voz rasgada de uma mulher cantando em espanhol. Fiquei pensando no porquê do bolero, da música em espanhol, Laura, que tinha coleções de Billie Holiday, de Nina Simone. Laura, que não sei por quê, eu sempre imaginava ouvindo Juliette Gréco, Charles Aznavour. Pronto, minha querida, espero que você goste do jantar, desta minha pequena homenagem. Claro, respondi, enquanto observava o fio escuro e espesso que era o balsâmico sobre a salada, Laura continuou, eu quero que hoje seja um dia especial para nós duas, para a nossa amizade, um dia que sirva de marco para uma nova fase, que tal? Eu sorri, sem conseguir parar de pensar que as suas palavras nunca perdiam o excesso, o tom ostentoso, como se fizessem parte da decoração, do jantar, sem conseguir entender por que eu pensava essas coisas, quando o mais simples era estar ali e ficar contente com a amizade, a delicadeza de Laura. Por que não aproveitar a noite, o vinho, a comida, e parar de pensar em seus gestos, na artificialidade dos seus gestos, das suas palavras. Laura pareceu ler meus pensamentos, vamos aproveitar esta noite, minha querida, vamos nos divertir. Depois do jantar, se você quiser, a gente pode sair, ir a um bar, ela sugeriu, ou dançar até, se a gente tiver vontade. Claro, concordei, enquanto procurava algum motivo para ir até a cozinha.

 Sentamos as duas à mesa, as alcaparras formavam pequenas flores verdes sobre o salmão. É tão bom ter você aqui, parece até mentira. A mão de Laura procura a minha sobre a mesa, envolve-a por um instante para logo depois soltá-la novamente. Eu permaneço imóvel. Sabe que eu sempre pensava em você, em como seria a tua vida, as tuas viagens, as pessoas que você conheceu, pensava como teria sido se o Júlio não tivesse aparecido e eu tivesse ido pra lá, como havíamos combinado, lembra que a gente tinha combinado de viajar juntas? Lembro, respondo, enquanto ponho um pedaço de salmão na boca, a manteiga que escorria pelo garfo, pois é, às vezes eu fico pensando como teria sido a minha vida, talvez não tão diferente da tua, como agora, talvez eu também estivesse voltando agora, assim como você, tão diferente, tão diferente de você mesma quando você saiu, lembra?, e tão diferente de mim, é, talvez, assenti, tentando imaginar aonde é que Laura queria chegar, ela continua, talvez eu também estivesse apaixonada, talvez eu também tivesse vivido uma história como a tua, a tua história com Javier, disse, como que respondendo à minha interrogação. Fiquei sem saber como reagir, limpei os lábios com o guardanapo e tentei explicar a Laura que a minha vida não havia sido tão glamourosa assim, que o dia-a-dia era como o de qualquer um, vazio, entediante, que a minha história de amor com Javier não passava de uma fotografia na tela do computador. Mas Laura não me deixou terminar, me interrompeu para perguntar o que eu tinha achado da salada, depois continuou falando da Europa, de Javier, de mim, da nossa amizade. Sabe?, eu quero que a nossa amizade volte a ser o que foi um dia, aliás, eu quero que a nossa amizade seja muito mais do que foi um dia, você entende? Não, eu não entendo, pensei, eu nunca entendia muito bem o que Laura estava querendo, planejando. Entendo, sim, entendo, respondi, Laura sorria.

Quando acabamos de comer, Laura sugeriu que sentássemos na sala e conversássemos um pouco mais, antes de decidir para onde vamos depois, a um bar? Ou você prefere ir dançar? Eu não estava certa do que eu preferia, Laura preferiu que não tivéssemos pressa e decidíssemos com calma, sentadas no sofá. Me ofereceu uma grapa italiana, eu aceitei, Laura era uma mulher que bebia grapa italiana e gostava de salmão com alcaparras e morava no Leblon. Laura sentou-se ao meu lado, tirou a sandália, soltou o cabelo, que espalhou novamente o cheiro doce e enjoativo do banho recém-tomado, ficou brincando com o elástico numa das mãos, depois colocou o elástico no pulso, pegou a pequena taça, bebeu um gole, me encarou por alguns segundos e sorriu, os dentes brancos pareciam brilhar à sombra das velas que se extinguiam. O ar tornou-se ambíguo, rarefeito, e eu tinha certa dificuldade em respirar, tinha dificuldade em beber o líquido transparente da minha taça, tinha dificuldade em encontrar um lugar para as minhas mãos. Já Laura continuava a me fitar, de um só gole bebeu o que restava na taça, as faces adquiriram um tom rosado e úmido, a voz uma rouquidão inesperada, estou tão feliz de ter você aqui comigo, sabe?, conversar com você é sempre especial, não como com as outras pessoas, que não têm nada para dizer, nada para contar, com você não, tudo o que você diz me interessa, tudo o que você diz é especial, sabia? Laura aproximou-se um pouco mais, eu me mantive imóvel, seus olhos brilhavam por trás dos cílios escurecidos, meus olhos fugiam daquele brilho feito um gato esgueirando-se pelos cantos. Laura continuava, tudo em você é especial, a tua vida, o teu jeito, até o teu rosto, eu daria tudo para ter um rosto como o teu, uma beleza que não precisa de nada, ah, como é possível uma beleza assim, que não precisa de nada nem de ninguém? E não é só a tua beleza, eu olho pra você e sei que tudo o que é teu realmente te pertence, você entende, minha querida? E, enquanto pronunciava aquilo, Laura deslizava a ponta dos dedos pelo contorno dos meus olhos, do meu nariz, da minha boca, como se desenhasse uma máscara sobre o meu rosto. Eu pensava na estranheza daqueles dedos finos, no mal-estar que me causava aquele toque, aquela mão que parecia mover-se independente do seu braço. Laura continuava, desde que você voltou, ao te ver eu percebi que algo havia mudado, em você, mas também em mim, em mim algo havia mudado, por tua causa, sabe? Por minha causa?, eu quis perguntar, mas não tive coragem. Algo mudou, Camilla, é como se as coisas de repente houvessem deixado de ser importantes, ou melhor, como se as coisas houvessem finalmente adquirido sua importância real, você entende? Não, eu não entendo, pensei, mas não disse nada, os dedos de Laura agora envolviam os meus, e eu sabia que algo ia acontecer, algo ia acontecer. Laura levara os meus dedos até seus lábios e os mantinha ali, imóveis, ao alcance da boca, a cor cintilante da sua boca, a respiração pausada, como se estivesse calma, como se nada a assustasse, a voz cada vez mais lenta e rouca, ah, Camilla, eu nunca estive tão feliz como hoje, como agora, é tão bom te ter aqui ao meu lado, aqui, bem perto de mim, Camilla, minha querida, e, aproximando ainda mais o seu rosto do meu, os olhos procurando os meus, como se buscasse alguma coisa dentro deles, Camilla, eu não quero nunca mais que você saia de perto de mim, seu tom era suave e ao mesmo tempo exigente, obstinado, nunca mais, eu ainda tentei escapar, levantar-me, buscar qualquer coisa na cozinha, Laura fingiu não ouvir, me segurou pela nuca, enredou os dedos nos meus cabelos e puxou-os com força, levando meus lábios a se contrair e o meu rosto a se virar num movimento de recusa, a voz cada vez mais suave, quase um sussurro, a contrastar com a imponência do gesto, eu quero que você fique aqui em casa, que se sinta à vontade, e, acariciando o estofado do sofá, que esta seja a tua casa, Laura fez uma pequena pausa, sem nunca desviar os olhos de mim, sem nunca afrouxar os dedos que me envolviam a nuca, a tua casa, eu permaneci imóvel, a impossibilidade de qualquer movimento a não ser o movimento deles, dos dedos de Laura, um calafrio estendendo-se pelo interior da pele, Laura continuava, é claro, você pode ir embora quando quiser, o corpo cada vez mais próximo, quase pesando sobre o meu, os seios emergindo do decote, a mão que deslizara do sofá e acariciava agora o meu braço, o meu ombro, você sempre pode ir embora, agora mesmo, um desejo seu, Camilla, um único desejo, e agora mesmo podemos pegar um táxi, um trem, um avião e ir para onde você quiser, o que você quiser, Camilla, os dedos de Laura ainda presos aos meus cabelos, direcionando o meu rosto ao encontro do seu, os dedos de Laura contornando a minha boca, percorrendo os relevos imperceptíveis da minha boca, para onde você quiser, a raiz dos meus cabelos, para onde você quiser, os dedos de Laura, a sua voz quase inaudível. Foi quando eu a encarei pela primeira vez e percebi, cheia de espanto, que não havia mais para onde ir.

ESTA OBRA FOI COMPOSTA EM MERIDIEN PELO ESTÚDIO O.L.M.
E IMPRESSA PELA GEOGRÁFICA EM OFSETE SOBRE PAPEL PÓLEN BOLD DA
SUZANO PAPEL E CELULOSE PARA A EDITORA SCHWARCZ EM MAIO DE 2007

ISBN 978-85-359-1018-6